余音
YUYIN

日常之美

丰子恺

# 凡　例

本套图书（《日常之美》《美学之用》）主要收录了丰子恺先生的艺术理念及其漫谈东西方绘画艺术、建筑艺术、音乐艺术等类别的文章，充分展示了丰子恺先生多方面的艺术修养与才能。对读者来说，通读这两本书将会是一次轻松、系统的美学之旅。读者既可了解东西方绘画、建筑、音乐作品的简明历史，更可深刻感知美学在日常生活中的作用——美，从来都不是无用的。相反，它时时刻刻就在我们身边发挥作用，只是因为我们过于习惯它的存在，常常习焉不察罢了。

整理书稿时，编者发现原稿中只有极少插图，故针对具体内容进行了相应的配图，图文并茂，更简明直观、更通俗易懂，且全部图片均已取得正规授权；在《美学之用》中，丰子恺先生原本提供过部分插图（多为《建筑的艺术》一章），但因资料和技术所限，部分插图过于模糊，编者根据具体内容将其替换为质量较高的相近图片，以尽可能地提高阅读体验；《美学之用》中知识点较密集，涉及世界级艺术名人甚多，为帮助读者理解，编者仅做简要注释，不多赘语。

此外，因原稿中的行文习惯、语言规范和现代汉语规范有所不同，一些字词、标点符号的用法已不符合当今读者的阅读习惯，尤其是外国人名、地名的译法与现在有较大差别。因此，编者审校时在尽量保留原作风貌的前提下，仅按现代用法做了必要的校正，避免给读者造成阅读障碍。具体修改如下：校正标点符号，尤其是引号、括号、分号、书名号、破折号等；将异体字均改为现代通用简体字；关于原稿中的人名、地名，原译法与现代通用译法不同时，将其改为现代通用译名，并在第一次出现处以括号简注。

特此说明。

因编者水平有限，难免有谬误之处，恭请各界朋友批评指正。

编者谨识

目 录

壹  嵌入生活的美意

自然颂　　　　　　002
闲　居　　　　　　008
花纸儿　　　　　　013
初　步　　　　　　018
竹　影　　　　　　025
蛙　鼓　　　　　　030
画　鬼　　　　　　039
从孩子得到的启示　050

## 贰 | 艺术的自然情味

一副"绝缘"的眼镜　　058
教育的艺术　　063
洋式门面　　067
钟表的脸　　073
玻璃建筑　　078
深入民间的艺术　　083
工艺实用品与美感　　094
艺术三昧　　108

## 叁 | 少年音乐故事

晚餐的转调　　114
翡翠笛　　119
巷中的美音　　124
外国姨母　　131
芒种的歌　　137
雷声的伴奏　　143
儿童与音乐　　156

肆 | **安顿心灵的绘画**

| 读画漫感 | 164 |
| 画家的少年时代 | 173 |
| 一个铜板的画家官司 | 180 |
| 富贵的美术家 | 195 |
| 模糊的名画 | 209 |
| 谈　像 | 224 |

伍 | **精神的折射**

| 李叔同先生的文艺观 | 232 |
| 乡愁与艺术 | 237 |
| 理法与情趣 | 250 |
| 精神的粮食 | 256 |
| 艺术的眼光 | 258 |
| 从梅花说到美 | 271 |
| 艺术与人生 | 283 |

嵌入生活的美意

壹

# 自 然 颂[1]

"美"都是"神"的手所造的。假手于"神"而造美的,是艺术家。

路上的褴褛的乞丐,身上全无一点人造的装饰,然而比时装美女美得多。这里的火车站旁边有一个伛偻的老丐,天天在那里向行人求乞。我每次下了火车之后,迎面就看见一幅米勒(Millet)[2]的木炭画,充满着哀怨之情。我每次给他几个铜板——又买得一幅充满着感谢之情的画。

女性们煞费苦心于自己的身体的装饰。头发烫也不惜,胸臂冻也不妨,脚尖痛也不怕。然而真的女性的美,全不在乎她们所苦心

---

1 本文曾载于 1929 年 1 月 10 日《小说月报》第 20 卷第 1 号。——编者注(若无特殊说明,本书所有注释均为编者注,以下不再注明)

2 让·弗朗索瓦·米勒(Jean-Francois Millet,1814—1875),原文译为米叶,是 19 世纪法国最杰出的以表现农民题材而著称的现实主义画家、法国巴比松派画家。代表作有《拾穗者》《晚祷》等。

经营的装饰上。我们反在她们所不注意的地方发现她们的美。不但如此，她们所苦心经营的装饰，反而妨碍了她们的真的女性的美。所以画家不许她们加上这种人造的装饰，要剥光她们的衣服，而赤裸裸地描写"神"的作品。

画室里的模特儿虽然已经除去一切人造的装饰，剥光了衣服；然而她们倘然受了作画学生的指使，或出于自心的用意，而装腔作势，想用人力硬装出好看的姿态来，往往越装越不自然，而所描的绘画越无生趣。印象派以来，裸体写生的画风盛于欧洲，普及于世界。使人走进绘画展览中，如入浴堂或屠场，满目是肉。然而用印象派的写生的方法来描出的裸体，极少有自然的、美的姿态。自然的美的姿态，在模特儿上台的时候是不会有的；只有在其休息的时候，那女子在台旁的绒毡上任意卧坐、自由活动的时候，方才可以见到美妙的姿态，这大概是世间一切美术学生所同感的情形吧。因为在休息的时候，不复受人为的拘束，可以任其自然的要求而活动。"任天而动"，就有"神"所造的美妙的姿态出现了。

人在照相中的姿态都不自然，也就是为此，普通照相中的人物，都装着在舞台上演剧的优伶的神气，或南面而朝的王者的神气，或庙里的菩萨像的神气，又好像正在摆步位的拳教师的神气。因为普通人坐在照相镜头前面被照的时候，往往起一种复杂的心理，以致手足无措，坐立不安，全身紧张得很，故其姿态极不自然。加之照相者又要命令他"头抬高点！""眼睛看着！""带点笑容！"内面已在紧张，外面又要听照相者的忠告，而把头抬高，把眼钉住，把嘴勉强笑出，这是何等困难而又滑稽的办法！怎样教底片上显得出美好的姿态呢？我近来正在学习照相，因为嫌恶这一点，想规定不照人物的肖像，而专照风景与静物，即神的手所造的自然，及人借了神的手而布置的静物。

人体的美的姿态，必是出于自然的。换言之，凡美的姿态，都是从物理的自然的要求而出的姿态，即舒服的时候的姿态。这一点屡次引起我非常的铭感。无论贫贱之人、丑陋之人、劳动者、黄包车夫，只要是顺其自然的天性而动，都是美的姿态的所有者，都可以礼赞。甚至对于生活的幸福全然无分的，第四阶级以下的乞丐，这一点也决不被剥夺，与富贵之人平等。不，乞丐所有的姿态的美，屡比富贵之人丰富得多。试入所谓上流的交际社会中，看那班所谓"绅士"，所谓"人物"的样子，点头、拱手、揖让、进退等种种不自然的举动，以及脸的外皮上硬装出来的笑容，敷衍应酬的不由衷的言语，实在滑稽得可笑，我每觉得这种是演剧，不是人的生活。过这样的生活，宁愿作乞丐。

被造物只要顺天而动，即见其真相，亦即见其固有的美。我往往在人不注意、不戒备的时候，瞥见其人的真而美的姿态。但倘对他熟视或声明了，这人就注意，戒备起来，美的姿态也就杳然了。从前我习画的时候，有一天发现一个朋友的pose（姿态）很好，要求他让我画一张sketch（速写），他限我明天。到了明天，他剃了头，

高谈

子恺画

人体的美的姿态，必是出于自然的。

丰子恺作品《高谈》

换了一套新衣，挺直了项颈危坐在椅子里，教我来画……这等人都不足以言美。我只有和我的朋友老黄[1]，能互相赏识其姿态，我们常常相对坐谈到半夜。老黄是画画的人，他常常嫌模特儿的姿态不自然，与我所见相同。他走进我的室内的时候，我倘觉得自己的姿势可观，就不起来应酬，依旧保住我的原状，让他先鉴赏一下。他一相之后，就会批评我的手如何，脚如何，全体如何。然后我们吸烟煮茶，晤谈别的事体。晤谈之中，我忽然在他的动作中发现了一个好的pose，"不动！"他立刻石化，同画室里的石膏模型一样。我就欣赏或描写他的姿态。

不但人体的姿态如此，物的布置也逃不出这自然之律。凡静物的美的布置，必是出于自然的。换言之，即顺当的、妥帖的、安定的。取最贴近的例子来说：假如桌上有一把茶壶与一只茶杯。倘这茶壶的嘴不向着茶杯而反向他侧，即茶杯放在茶壶的后面，犹之孩子躲在母亲的背后，谁也觉得这是不顺当的、不妥帖的、不安定的。同时把这画成一幅静物画，其章法（即构图）一定也不好。美学上所谓"多样的统一"，就是说多样的事物，合于自然之律而作成统一，是美的状态。譬如讲坛的桌子上要放一个花瓶。花瓶放在桌子的正中，太缺乏变化，即统一而不多样。欲其多样，宜稍偏于桌子的一端。但倘过偏而接近于桌子的边上，看去也不顺当、不妥帖、不安定。同时在美学上也就是多样而不统一。大

---

[1] 口琴家黄涵秋。

约放在桌子的三等分的界线左右，恰到好处，即得多样而又统一的状态。同时在实际也是最自然而稳妥的位置。这时候花瓶左右所余的桌子的长短，大约是三与五，至四与六的比例。这就是美学上所谓"黄金比例"。黄金比例在美学上是可贵的，同时在实际上也是得用的。所以物理学的"均衡"与美学的"均衡"颇有相一致的地方。右手携重物时左手必须扬起，以保住身体的物理的均衡。这姿势在绘画上也是均衡的。兵队中"稍息"的时候，身体的重量全部搁在左腿上，右腿不得不斜出一步，以保住物理的均衡。这姿势在雕刻上也是均衡的。

故所谓"多样的统一""黄金律""均衡"等美的法则，都不外乎"自然"之理，都不过是人们窥察神的意旨而得的定律。所以论文学的人说"文章本天成，妙手偶得之"；论绘画的人说"天机勃露，独得于笔情墨趣之外"。"美"都是"神"的手所造的，假手于"神"而造美的，是艺术家。

一九二八年十月十二日[1]

---

1 本文篇末原未署日期。这里的日期是本文发表于《小说月报》时篇末所署。在作者自编的《缘缘堂随笔》（人民文学出版社 1957 年 11 月初版）中，篇末误署为 1926 年作。

## 闲　居

闲居，在生活上人都说是不幸的，但在情趣上我觉得是最快适的了。假如国民政府新定一条法律："闲居必须整天禁锢在自己的房间里"，我也不愿出去干事，宁可闲居而被禁锢。

在房间里可以自由取乐；如果把房间当作一幅画看的时候，其布置就如画的"置陈"了。譬如书房，主人的座位为全局的主眼，犹之一幅画中的 middle point（中心点），须居全幅中最重要的地位。其他自书架、茶几、板凳、藤床、火炉、壁饰、自鸣钟，以至痰盂、字纸篓等，各以主眼为中心而布置，使全局的焦点集中于主人的座位，犹之画中的附属物、背景，均须有护卫主物、显衬主物的作用。这样妥帖之后，人在里面，精神自然安定、集中而快适。这是谁都懂得、谁都可以自由取乐的事。虽然有的人不讲究自己的房间的布置，然走进一间布置很妥帖的房间，一定谁也觉得快适。这可见人人都会鉴赏，鉴赏就是被动的创作，故可说这是谁也懂得、谁也可以自由取乐的事。

丰子恺作品《蝴蝶来仪》

鉴赏就是被动的创作。

我在贫乏而粗末的自己的书房里，常常欢喜做这个玩意儿。把几件粗陋的家具搬来搬去，一月中总要搬数回。搬到痰盂不能移动一寸，脸盆架子不能旋转一度的时候，便有很妥帖的位置出现了。那时候我自己坐在主眼的座上，环视上下四周，君临一切。觉得一切都朝宗于我，一切都为我尽其职司，如百官之朝天，众星之拱北辰。就是墙上一只很小的钉，望去也似乎居相当的位置，对全体为有机的一员，对我尽专任的职司。我统御这个天下，想象南面王的气概，得到几天的快适。

有一次我闲居在自己的房间里，曾经对自鸣钟寻了一回开心。自鸣钟这个东西，在都会里差不多可说是无处不有、无人不备的了。然而它这张脸皮，我看惯了真讨厌得很。罗马字的还算好看；我房间里的一只，又是粗大的数学码子的。数学的九个字，我见了最头痛，谁愿意每天做数学呢！

有一天，大概是闲月中的闲日，我就从墙壁上请它下来，拿油画颜料把它的脸皮涂成天蓝色，在上面画几根绿的杨柳枝，又用硬的黑纸剪成两只飞燕，用糨糊粘住在两只针的尖头上。这样一来，就变成了两只燕子飞逐在杨柳中间的一幅圆额的油画了。凡在三点二十几分、八点三十几分等时候，画的构图就非常妥帖，因为两只飞燕适在全幅中稍偏的位置，而且追随在一块，画面就保住均衡了。辨识时间，没有数目字也是很容易的：针向上垂直为十二时，向下垂直为六时，向左水平为九时，向右水平为三时。这就是把圆周分为四个 quarter（一刻钟），是肉眼也很容易办到的事。一个 quarter 里面平分为三格，就得长针五分钟的距离了，虽不十分容易正确，然相差至多不过一两分钟，只要不是天文台、电报局或火车站里，人家家里上下一二分钟本来是不要紧的。倘眼睛锐利一点，看惯之后，其实半分钟也是可以分明辨出的。这自鸣钟现在还挂在我的房间里，虽然惯用之后不甚新颖了，然终不觉得讨厌，因为它在壁上不是显明的实用的一只自鸣钟，而可以冒充一幅油画。

除了空间以外，闲居的时候我又喜欢把一天的生活的情调来比方音乐。如果把一天的生活当作一个乐曲，其经过就像乐章（movement）的移行了。一天的早晨，晴雨如何？冷暖如何？人事的情形如何？犹如第一乐章的开始，先已奏出全曲的"主题"（theme）。一天的生活，例如事务的纷忙、意外的发生、祸福的临门，犹如曲中的长音阶（大音阶）变为短音阶（小音阶），C 调变为 F 调，adagio（柔板）变为 allegro（快板）；其或昼永人闲，平安无事，那就像始终 C 调的 andante（行板）的长大的乐章了。

以气候而论，春日是门德尔松（Mendelssohn），夏日是贝多芬（Beethoven），秋日是肖邦（Chopin）、舒曼（Schumann），冬日是舒伯特（Schubert）。这也是谁也可以感到、谁也可以懂得的事。试看无论什么机关里、团体里，做无论什么事务的人，在阴雨的天气，办事一定不及在晴天的起劲、高兴、积极。如果有不论天气，天天照常办事的人，这一定不是人，是一架机器。只要看挑到我们门头来卖臭豆腐干的江北人,近来秋雨连日,他的叫声自然懒洋洋地低钝起来,远不如一月以前的炎阳下的"臭豆腐干!"的热辣了。

# 花纸儿[1]

华明在庭中的雪地里小便,他父亲——华先生——罚他在家里读书。弟弟同情于华明的受罚,早就对我说,想和我一同去望望他。但他因为那天冒雪到外婆家走了一趟,得了重伤风,母亲不许他出门。今天他好全了,才同我去看华明。

我们出门时,母亲吩咐我说:"逢春,今天是阴历元旦。虽然阴历已被废了[2],但我们乡下旧习未除。倘使华先生家正在招待贺年的客人,你们应该早早告辞,不要也在那里扰闹他们。"我答应了,就同弟弟出门。

弟弟不走近路,却走庙弄,穿过元帅庙,绕道向华家。我知道他想看看阴历元旦市上的热闹。我们穿过庙弄时,看见许多店都

---

1 丰子恺曾创作"少年美术故事"共21则。这些故事以"姐姐逢春"为主角,连载于1936年1—12月《新少年》第1卷1—12期及第2卷1—12期。本文及《初步》《竹影》均选自其中。
2 当时一度废除阴历,提倡阳历。

关门，门前摆着些吃食担、花纸摊儿、玩具摊儿。路上挤着许多穿新衣服的乡下人，男女老幼都有。他们一面推着背慢慢地走，一面仰头看摊上的花样。我但见红红绿绿的衣裳，和红红绿绿的花纸玩具一样刺目，觉得真是难得见到的景象。到了庙里，又见一堆一堆的人，有的在看戏法，有的在看"洋画"。弟弟奇怪起来，问我："他们这种事体，为什么不提早一个多月，在国历元旦举行？难道这种事体一定要在今天做的？"我说："'旧习未除'，母亲刚才不是说过的么？"弟弟凶起来："什么叫'旧习'？都是人做的事，人自己要改早，有什么困难？"我不同他辩了，心中但想：倘使中国的人个个同弟弟一样勇敢而守规矩，我们的国耻不难立刻雪尽，我们的失地不难立刻收回，何况阴历改阳历这点小事呢？眼前这许多大人，我想都是从弟弟一样的孩子长大来的；为什么大家都顽固而不守规矩呢？心中觉得很奇怪。一边想，一边走，不觉已到了华家的门前。

走进门，华师母笑着迎接我们，叫我们坐。随后喊道："明儿！你的好朋友来了！"华明从内室出来，见了我们，便笑着邀我们到里面去坐。他的下唇上涂着许多黑墨，证明他今天早上已经习过字了。我们走进他的房间，弟弟便问："华明，你这样用功，一早就写字？"华明摇摇头，自顾自地说道："你们来得很好，我气闷得很，正想有朋友来谈谈。"就拉我们到他的书桌旁去坐，自己却匆匆地出去了。我看见他的房间小而精。除桌椅和书橱外，壁上妥帖地挂着两张画，和一条字的横幅。其中一幅画是印刷的西洋画，我记得曾在叶心哥哥的画册中看见过，是法国画家米勒作的《初步》，里面画着农家的父母二人正在教一孩子学步。还有一幅水彩画的雪景，我看出是华先生所描的。横幅中写着笔画很粗的四个字："美以润心"。旁边还有些小字。我正在同弟弟鉴赏，华明端了茶和糖果进来，随手将门关上，然后把茶和糖果分送我们吃。

使我惊奇的是，他的门背后挂着一张时装美女月份牌——华先生所最不欢喜的东西。这东西与其他的字画很不调和。弟弟就质问华明。华明高兴地说："你看这月份牌多么漂亮！可是我的爸爸不欢喜它，不许我挂。他强迫我挂这些我所不欢喜的东西（他用手指点壁上的《初步》《雪景》和《美以润心》），于是我只得把它挂在门背后，不让他看见。我还有好的挂在橱门背后呢！"他说着就立起身来，走到书橱边，把橱门一开。我们看见橱门背后也挂着一张月份牌，内中画的是一个古装美人，色彩是非常华丽的。弟弟说："你老是欢喜这种华丽的东西。"华明说："华丽不是很好的么？把这个同墙上的东西比比看，这个好看得多呢。我爸爸的话，我实在不赞成。他老是欢喜那种粗率的、糊里糊涂的画，破碎的、歪来歪去的字和一点也不好看的风景，我真不懂。那一天，我在雪地里小便了一下，他就大骂我，说什么'不爱自然美''没有美的修养''白白地学了美术科'……后来要我在寒假里每天写大字，并且叫姆妈到你家借书来罚我看。我那天的行为，自己也知道不对。但我心里想，雪有什么可爱？冰冷的，潮湿的，又不是可吃的米粉。何必这样严重地骂我，又罚我。我天天写字，很没趣。字只要看得清楚就好,何必费许多时间练习?至于那本书,《阳光底下的房子》,我也看不出什么兴味来,不过每天勉强读几页。"于是我问他:"那么你这几天住在屋里做些什么呢?"他说:"我今天正在算一个问题。这是很有兴味的一个问题。你知道:一个一个地加上去,加满一个十三档算盘,需要多少时光?"我们想了一会儿,都说不出答案来。最后弟弟说:"怕要好几个月吧?"他说:"好几个月?要好几万年呢!这不是一个很有兴味的问题么?"他忽然改变了口气说:"我还有很好看的画呢!"说着,掀起他的桌毯,抽开抽斗,拿出一卷花纸儿来,一张一张地给我们看,同时说:"这是昨夜才买来的。我爸爸又不欢喜它们,所以我把它们藏在抽斗里。"

我们一看就知道这就是刚才我们在庙弄里所见的东西。因为难得看见,我们也觉得很有兴味。华明便津津有味地指点给我们看。他所买的花纸儿很多。有《三百六十行》《吸鸦片》《杀子报》《马浪荡》等,都是连续画,把一个故事分作数幕,每幕画一幅,顺次展进,好像电影一般。还有满幅画一出戏剧的,什么《水战芦花荡》《会审玉堂春》等,统是戏台上的光景。我看了前者觉得可笑。因为人物的姿态,大都描得奇形怪状。看了后者觉得奇怪。许多人手拿桨儿跟着一个大将站在地上,算是"水战",完全是舞台上的光景的照样描写。这到底算戏剧,还是算绘画?总之这些画全靠有着红红绿绿的颜色,使人一见似觉华丽。倘没有了颜色,我看比我们的练习画还不如呢。华明如此欢喜它们,我真不懂。弟弟看了,笑得说不出话来。华明以为他欢喜它们,就说送他几张，教弟弟自选。弟弟推辞，华明强请。我说："既然你客气，我代他选一张吧。"便把没有大红大绿而颜色文雅的一张拿了。华明说："这是二十四孝图，共有两张呢。"就另外检出一张来，一同送给我。这时候，我听见外室有客人来，华师母正在应接。我和弟弟便起身告辞。华明说抽斗里还有许多香烟牌子，要我们看了去。我们说下次再看吧。

回到家里，母亲把二十四孝图中的故事一个一个讲给我们听。我觉得故事很好笑。像"陆绩怀橘遗亲"，做了贼偷东西来给爷娘吃，也算是孝顺？母亲又指出三幅最可笑的图："郭巨为母埋儿""王祥卧冰得鲤""吴猛恣蚊饱血"。她说："陆绩为了孝而做贼，还在其次呢。像郭巨为了孝而杀人；王祥为了孝，不顾自己冻死、溺死；吴猛为了孝，不顾自己被蚊子咬死，才真是发疯了。"弟弟指着画图说："这许多蚊子叮在身上，吴猛一定要生疟疾和传染病而死了！"母亲笑得抚他的肩，说道："你大起来不要这样孝顺我吧！"我记得弟弟那天读了《新少年》创刊号的《文章展览》中的《背影》[1]，很是感动，对我说："姐姐，我们将来切不要'聪明过分'！"我知道弟弟一定孝亲，但一定不是二十四孝中的人。

讲起华明，母亲说这个孩子太缺乏趣味，对于美术全然不懂。他的父亲倒是很好的美术教师，将来也许会感化他。

---

1　即现代散文家、诗人朱自清的散文名篇《背影》。

# 初 步[1]

徐妈提着一大篮黄矮菜[2]，两只小脚在天井里的石板上"的的搭搭"地敲进来，嘴里喊着："小客人来了！"我和弟弟并不问她，赛跑似的赶到门口。但见河埠上停着一只赤膊船，船里坐着雪姑母，雪姑母手里抱着镇东。茂春姑夫蹲在岸上，正在把船缆缚到凉棚柱脚上去。我们齐喊："镇东！镇东！"镇东两只手用力撑住雪姑母的下巴，拼命想从她身上爬下来，并不理睬我们。雪姑母两手抱住他，仰起头，代替他答应："喂！逢春姐姐！喂！如金哥哥！"说最后两字时，嘴巴被镇东的手盖住了，发音好像"如金妈妈"。岸上的人大笑起来。雪姑母就在笑声中上了岸。

我还记得，镇东是前年"九一八"出世的。当时茂春姑夫来报告我们，笑嘻嘻地说："倒养个团团。"又说："娘舅给毛头起个名字吧。"后来爸爸就在一张红纸上写"蒋镇东"三个大字，上面又

---

[1] 本文曾载于1936年3月10日《新少年》第1卷第5期。
[2] 大白菜的一个类群，南方露地秋种冬收，菜心色浅黄，犹如嫩芽，味道尤其甘美。

横写"长命康强"四个小字,和产汤[1]一同送去。这好像还是昨天的事,谁知镇东已长得这么大了。当雪姑母擒了他走进我家时,他不绝地想爬下来,使得雪姑母几乎擒拿不住。到了堂前,雪姑母把他放在方砖地上,说:"让你去爬吧!娘舅家的地上比乡下人家的桌子还干净呢。"接着又对姆妈说:"'爬还爬不动,想走',就是他!他在家里只管在泥地上爬,拾了鸡粪当荸荠吃的!"说得大家又笑起来。姆妈走过去抱了他,教他坐在膝上。我们大家围拢去同他玩笑。

镇东"叫名三岁",其实只有一岁半。他不像城市里的小孩子一般怕陌生人。好久不到我家,一到就同我们熟识。雪姑母教他叫人,"娘舅!""舅妈!"他都会叫,而且叫时声音响亮,脸上带着笑容,非常可爱。雪姑母说他到别处去没有这样乖。姆妈说到底是外婆家,外婆家原同自家一样。爸爸却说:"一半也是长在乡下的缘故。乡下的环境比城市好得多呢。"他伸手捏捏镇东的小腿,又摸摸他的圆肥而带紫铜色的小脸,咬紧了牙齿说:"你看!一股健康美!定要有这样的好体格,将来才能'镇东'呀!"又握他的小手,笑着对他说:"将来你去'镇东',不要忘记啊!"镇东吃吃地笑。

---

[1] 送产汤是浙江嘉兴一带的民俗。最初娘家人给刚生完孩子的产妇送鸡汤,后改为送红糖、胡桃、鸡蛋等滋补品及婴儿衣物。

米勒的构图是很好的。

米勒作品
《初步》
（今多译为《第一步》）

镇东张着两只小臂，吃吃地笑，跃跃欲试。

丰子恺作品 《初步》

镇东在姆妈身上坐得不耐烦了，又开始要爬起来。爸爸退后几步，张开两臂蹲在地上，对姆妈说："不要给他爬，让他学学步看。来！你放他走过来。"姆妈扶他站定在地上，说着："镇东乖乖，走到娘舅那里去！"镇东高兴得很，看着爸爸笑，同时慢慢地摆稳他的步位来。姆妈一放手，他居然摇摇摆摆地跑到了爸爸的怀里。堂前一阵欢呼。爸爸立刻抱住他，站起身来，用手拍他的背。他把圆圆的小脸偎在爸爸的肩上，吃吃地笑，表示成功的欢喜。

这般可爱的光景，我们似觉曾在什么地方看见过，一时记不起来。正在回想，弟弟对我说："姐姐，刚才的样子，活像华明房间里挂着那张画里的光景呢！不过不在野外而在屋里。"我恍然大悟，抢着说："不错，不错，米勒的《初步》，叶心哥哥的画帖里也有一张的。"弟弟说："我们要他再做一遍，教爸爸拍一张照，好不好？"我说："好。"于是我们一同要求爸爸，爸爸立刻赞成，叫我就到楼上去拿照相机。继又阻止我，踌躇地说："在什么地方照呢？先想好了'构图'再说。"弟弟断然地说："到后墙圈里，篱笆外面，槐树底下，鸡棚边，照出来就同那张画一样。"爸爸笑着点点头，就同我们去看地方。这时候姆妈正摆好了糕茶盆子，请茂春姑夫、雪姑母和镇东吃茶点。弟弟回头对镇东说："你多吃点糕糕，吃好了糕糕，我们同你拍照！"

爸爸叫我和弟弟二人装出人物的姿势来，从远处望望，又踌躇地说："米勒的构图，我记得是很好的。不知人物怎样布置？可惜找不到那张画来参考。"弟弟说："华明有，我去借。"拔起脚来就走。爸爸喊他不住，让他去了。过了一会儿，弟弟气喘喘地夹了画框回来，后头跟着华明。华明对爸爸说："柳先生！你们要照美术的《初步》？"我们大家笑起来。弟弟教他："不是'美术'，是米勒！我们这里今天来了一个挨霞。《阳光底下的房子》[1]里的挨霞，你认识么？我们要照你这张画的样子给他拍个照。"说着，把画框递给爸爸，就拉华明到屋里去看镇东。爸爸看了那画，欢喜地对我说："没有这样巧的！我们的篱笆和树的位置，正同画里一样。要算[2]那个鸡棚，恰巧代替了画里的小车。假如没有这个，左边太轻，构图就不稳了。好！我们完全模仿它。你去拿照相机吧。"

我拿了照相机回来时，茂春姑夫、雪姑母、镇东、华明、弟弟和姆妈，都已来到。爸爸叫弟弟逗着镇东玩耍，单请茂春姑夫和雪姑母先来演习。他在镜箱后面的毛玻璃上仔细审察，校正他们的姿势和位置。确定之后，就叫我抱镇东到雪姑母身边去，叫她扶着。镇东全不知道要被拍照，张着两只小臂，吃吃地笑，跃跃欲试，比前次更加高兴，样子也更加可爱了。雪姑母和茂春姑夫却拘束起来。雪姑母仓皇地叫："等一等照！我的衣裳没有扯挺，我的头发恐怕蓬着呢！"爸爸说："还未照呢，现在先试做一遍看。真果要照时我会通知你们的！"于是大家放心，很自然地演习起来。雪姑

---

1　苏联作家区马兼珂的小说作品。挨霞是该小说中的一个儿童。
2　作者家乡方言，意即：尤其值得一提的是。

母摆开步位，弯着腰，提着镇东的两腋，一面笑，一面说："团团走，团团走，走到爸爸那儿去！"茂春姑夫跪下左膝，伸出一双大手，起劲地大喊："团团来，镇东来。"正在这时候，照相镜头上"的"地一响，爸爸叫道："好，好！照好了！"雪姑母呆了一会儿，后来说："上了你的当，我全然不得知呢！"爸爸笑着回答她道："不得知才好呢！得知了照出来一定不自然的。"说着就拿了照相机回进屋里去。我们大家留在墙圈里玩耍。我扶着镇东走路，弄皮球，捉猫，拾鸡蛋。弟弟却和华明两人坐在石凳上谈个不休。我听见华明说："'得知了照出来一定不自然'，倒是真的。他们起初的样子，一点也没神气。后来就活泼起来，活像我那幅画里的人了。"弟弟说："你那种月份牌的画，大都是不自然的，没有神气的，你为什么欢喜它们？"华明想了一会儿，点点头说："呃，倒是真的。"他拿起那画框来，看了一会儿，自言自语："这个好，这个好。"又说："你们不要用了？我带回去挂着吧。"说过，就夹了画框告辞。姆妈说快吃饭了，我们大家就回进屋里。

# 竹　影[1]

这一天我很不快活,又很快活。所不快活的,这是五卅国耻纪念,说起"五卅"这两个字,一幅凶恶的脸孔和一堆鲜红的血立刻出现在我的脑际,不快之念随之而生。所快活的,这是星期六,晚饭后可以任意游乐,没有明天的功课催我就寝。况且早上我听见弟弟和华明打过"电报":弟弟对他说"今——放——后,你——我——玩",华明回答他"放——后——行,吃——夜——后,我——你——玩"。他们常用这种的简略话当作暗号,称之为"打电报",但我一听就懂得他们的意思:弟弟对他说的是"今天放学后,你到我家玩",华明回答的是"放学后不行,吃过夜饭后,我到你家玩"。华明本来是很会闹架儿的一个人,近来不知怎样一来,把闹架儿的工夫改用在玩意儿上了,和我们非常亲热。我们种种有趣的玩意儿,没有他参加几乎不能成行。这一天吃过夜饭后他来我家玩,我知道一定又有什么花头。星期六的晚上,两三个亲热的同学聚会在一起,这是何等快活的事!

---

[1] 本文曾载于1936年5月25日《新少年》第1卷第10期。

暑气和沉闷伴着了"五卅"来到人间。吃过晚饭后，天气还是闷热。窗子完全开开了，房间里还坐不牢。太阳虽已落山，天还没有黑。一种幽暗的光弥漫在窗际，仿佛电影中的一幕。我和弟弟就搬了藤椅子，到屋后的院子里去乘凉。同时关照徐妈，华明来了请他到院子里来。

我们搬三把藤椅子，放在院角的竹林里，两只自己坐了，空着一只待华明来坐。天空好像一盏乏了油的灯，红光渐渐地减弱。我把眼睛守定西天看了一会儿，看见那光一跳一跳地沉下去，非常微细，但又非常迅速而不可挽救。正在看得出神，似觉眼梢头另有一种微光，渐渐地在那里强起来。回头一看，原来月亮已在东天的竹叶中间放出她的清光。院子里的光景已由暖色变成寒色，由长音阶（大音阶）变成短音阶（小音阶）了。门口一个黑影出现，好像一只立起的青蛙儿，向我们跳将过来。来的是华明。

"嚯，你们惬意得很！这椅子给我坐的？"他不待我们回答，一屁股坐在藤椅上，剧烈地摇他的两脚。他的椅子背所靠着的那根竹，跟了他的动作而发抖，上面的竹叶发出萧萧的声音来。这引动了三人的眼，大家仰起头来向天空看。月亮已经升得很高，隐在一丛竹叶中。竹叶的摇动把她切成许多不规则的小块，闪烁地映入我们的眼中。大家赞美了一番之后，弟弟说："可耻的五卅快过去了！"华明说："可乐的星期日快来到了！"我说："可爱的星期六晚上已经在这里了！我们今晚干些什么呢？"弟弟说："我们谈天吧。我先有一个问题给你们猜：细看月亮光底下的人影，头上出烟气。这是什么道理？"我和华明都不相信，于是大家走出竹林外，蹲下来看水门汀上的人影。我看了好久，果然看见头上有一缕一缕的细烟，好像漫画里所描写的动怒的人。"是口里的热气吧？""是头上的汗水在那里蒸发吧？"大家蹲在地上争论了一会儿，没有解决。华明的注意力却转向了别处，他从身边摸出一支半寸长的铅笔来，在水门汀上热心地描写自己的影。描好了，立起来一看，真像一只青蛙，他自己看了也要笑。徘徊之间，我们同时发现了映在水门汀上的竹叶的影子，同声地叫起来："啊！好看啊！中国画！"华明就拿半寸长的铅笔去描。弟弟手痒起来，连忙跑进屋里去拿铅笔。我学他的口头禅喊他："对起[1]，对起，给我也带一支来！"不久他拿了一把木炭来分送我们。华明就收藏了他那半寸长的法宝，改用木炭来描。大家蹲下去，用木炭在水门汀上参参差差地描出许多竹叶来，一面谈着："这一枝很像校长先生房间里的横幅呢！""这一丛很像我家堂前的立轴呢！""这是《芥子园画谱》里的！""这是吴昌硕的！"忽然一个大人的声音在我们头上慢慢地响出来："这是管夫人的！"大家吃了一惊，立起身来，看见爸爸反背着手立在水门汀旁的草地上看我们描竹，他明明是来得很久了。华明难为情似的站了起来，把拿木炭的手藏在背后，似乎恐防爸爸责备他弄脏了我家的水门汀。爸爸似乎很理解他的意思，立刻对着他说道："谁想出来的？这画法真好玩呢！我也来描几瓣

---

[1] "对起"意思是"对不起"，是弟弟如金的口头禅。

看。"弟弟连忙拣木炭给他。爸爸也蹲在地上描竹叶了,这时候华明方才放心,我们也更加高兴,一边描,一边拿许多话问爸爸:

"管夫人是谁?""她是一位善于画竹的女画家。她的夫君名叫赵子昂,是一位善于画马的男画家。他们是元朝人,是中国很有名的两大夫妻画家。"

"马的确难画,竹有什么难画呢?照我们现在这种描法,岂不容易又很好看吗?""容易固然容易;但是这么'依样画葫芦',终究缺乏画意,不过好玩罢了。画竹不是照真竹一样描,须经过选择和布置。画家选择竹的最好看的姿态,巧妙地布置在纸上,然后成为竹的名画。这选择和布置很困难,并不比画马容易。画马的困难在于马本身上,画竹的困难在于竹叶的结合上。粗看竹画,好像只是墨笔的乱撇,其实竹叶的方向、疏密、浓淡、肥瘦以及集合的形体,都要讲究。所以在中国画法上,竹是一专门部分。平生专门研究画竹的画家也有。"

"竹为什么不用绿颜料来画,而常用墨笔来画呢?用绿颜料撇竹叶,不更像吗?""中国画不注重'像不像',不同西洋画那么画得同真物一样。凡画一物,只要能表达出像我们闭目回想时所见的一种神气,就是佳作了。所以西洋画像照相,中国画像符号。符号只要用墨笔就够了。原来墨是很好的一种颜料。它是红黄蓝三原色等量混合而成的。故墨画中看似只有一色,其实包罗三原色,即包罗世界上所有的颜色。故墨画在中国画中是很高贵的一种画法。故用墨来画竹，是最正当的。倘然用了绿颜料，就因为太像实物，反而失却神气。所以中国画家不欢喜用绿颜料画竹，反之，却欢喜用与绿相反对的红色来画竹。这叫作'朱竹'，是用笔蘸了朱砂来撇的。你想，世界上哪有红色的竹？但这时候画家所描的，实在已经不是竹，只是竹的一种美的姿势，一种活的神气，所以不妨用红色来描。"爸爸说到这里，丢了手中的木炭，立起身来结束地说："中国画大都如此。我们对中国画应该都取这样的看法。"

月亮渐渐升高来，竹影渐渐与地上描着的木炭线相分离，现出参差不齐的样子来，好像脱了版的印刷。夜渐深了，华明就告辞。"明天日里头来看这地上描着的影子，一定更好看。但希望天不要落雨，洗去了我们的'墨竹'，大家明天会！"他说着就出去了。我们送他出门。我回到堂前，看见中堂挂着的立轴——吴昌硕描的墨竹——似觉更有意味。那些竹叶的方向、疏密、浓淡、肥瘦以及集合的形体，似乎都有意义，表出着一种美的姿态，一种活的神气。

# 蛙 鼓[1]

舅妈要生小弟弟了,姆妈到外婆家去做客,晚上也不回来。家里只剩我和爸爸两人。爸爸就叫我宿在他的房间里,睡在窗口的小床里。

今天天气很热,寒暑表的水银柱一直停留在八十七度[2]上,不肯下降。爸爸点着蚊香,躺在床里看书。我关在小床里,又闷又热,辗转不能成寐。我叫爸爸:

"爸爸,我睡不着,要起来了。"

"现在已经十点钟了。再不睡,明天你怎能起早上学呢?"

"明天是星期日呀,爸爸!"

"啊,我忘记了!那你起来乘乘凉再睡吧。我也热得睡不着,我们大家起来吧。"

---

1 丰子恺曾创作"少年音乐故事"共 11 则。这些故事以"弟弟如金"为主角,连载于 1937 年 1 月—6 月《新少年》第 3 卷 1—11 期。本文为其中一则。
2 这里是华氏温度,约 30.6℃。

我的爸爸最爱生活的趣味。他曾经说，我和姐姐未上学时，他的家庭生活趣味丰富得多。我和姐姐上学之后，虽然仍住在家，但日里到校，夜里自修，早眠早起，参与家庭生活的时机很少。这使得爸爸扫兴。去年姐姐到城里的中学去住宿了，家里只剩我一个孩子。而我又做学校的学生的时候多，做爸爸的儿子的时候少。爸爸的家庭生活愈加寂寥了。然而他的兴趣还是很高，每逢假期，常发起种种的家庭娱乐，不使它虚度过去。这些时候他口中常念着一句英语："Work while work，play while play！"用以安慰或勉励他自己和我们。我最初不懂这句外国话的意思。后来姐姐入中学，学了英语，写信来告诉我，我才知道。姐姐说，每句第一个字要读得特别重，那么意思就是"工作时尽力地工作，游戏时尽情地游戏"。这时爸爸从床上起来，口里又念着这句话了：

"Work while work，play while play！现在是星期六晚上，天这样闷热，我们到野外去做夜游吧！"

"楼下长台脚边，还有两瓶汽水在那里呢！"这是我最关心的东西，就最先说了出来，"我们带到野外去喝吧！"

"这里还有饼干呢，今天外婆派人送来的，一同拿到野外去做夜'picnic（郊游，野餐）'吧！拣出你的童子军干粮袋来，把汽水、枇杷统统放进去，你背在身上。汽水开刀不可忘记！"爸爸的兴趣不比我低。于是大家穿衣，爸爸拿了拐杖，我背了行囊，一同走下楼去。我向长台脚下摸出两瓶汽水，把它们塞进干粮袋里，就预备出门。

"轻轻地走，王老伯伯听见了要骂，不给我们出去的！"我走到庭心里，忘记了所伴着的是爸爸，不期地低声说出这样的话来。爸爸拉住我的手，吃吃地笑着，不说什么，只管向大门走。走到门房间相近，他忽然拉我立定，也低声说："听！他们在奏音乐！"我立停了，倾耳而听，但闻门房间里响着最近唱过的《五月歌》。我跟着音乐，信口低唱起那首歌来：

愿得江水千寻，洗净五月恨；
愿得绿荫万顷，装点和平景。
雪我祖国耻，解我民生愠。
愿得猛士如云，协力守四境。

爸爸听了我唱的歌，很惊诧，低声地问："是谁奏乐？"我附着他的耳朵说："是王老伯伯拉胡琴，阿四吹笛。"爸爸更惊诧地说："我道他们只会奏《梅花三弄》和《孟姜女》的！原来他们也会奏这种歌！不知这歌哪里来的，谁教他们奏的？"我说："这是《开明唱歌教本》中的一曲，姐姐抄了从中学里寄给我。我借给华明看，华明借给他爸爸——华先生——看，华先生就教我们唱。前天我同华明在门房口唱这歌。王老伯伯问我唱的什么歌，我说唱的是爱国歌。外国人屡次欺侮我们，我们必须牢记在心。唱这歌，可以不忘国耻。王老伯伯说他虽然是一个孤身穷老头子，听了街上的演讲,也气愤得很。他说我们好比同乘在一只大船里。外面有人要击沉我们的船,岂不是每人听了都气愤么?所以他也要来学这歌。他的音乐天分很高,听我唱了几遍,居然自己会在胡琴上拉奏,而把这旋律教给阿四,教他在笛上吹奏。如今他们两人会合奏了。"

爸爸听了我的话,默不作声,踏着脚尖走到门房间的窗边,在那里窥探。我跟着窥探。但见王老伯伯穿着一件夏布背心,坐在竹椅上拉胡琴。阿四也穿一件背心,把一脚搁在一堆杂物上,扯长了嘴唇拼命吹笛。大家眼睛看着鼻头,一本正经的,样子很可笑。但又很感佩。因为门房间里蚊子特别多,听见了奏乐声,一齐飞集拢来,叮在两人的赤裸裸的手臂上、小腿上,和王老伯伯的光秃秃的头皮上。两人的手都忙着奏乐,无暇赶蚊,任它们乱叮。其意思仿佛是为了爱国,不惜牺牲身上的血了。

忽然曲终,两人相视一笑,各自放下乐器,向身上搔痒。这时候四周格外沉静,但闻蚊虫声嗡嗡如钟,隆隆如雷,充满室中。我不期地高声喊出:"王老伯伯和阿四合奏,蚊子也合奏!"

王老伯伯和阿四听见人声,走出门房间来。看见爸爸和我深夜走出来,吃了一惊。爸爸忍着笑对他们说:"天气太热,我们要到野外散散步,你们等着门,我们一会儿就转来的。"王老伯伯一边搔痒,一边举头看看天色,说:"不下雨才好。早些回来吧。"就把我们父子二人关出在门外了。

和王老伯合唱

王老伯伯和阿四合奏，蚊虫也合奏！

青蛙合唱团

梦见许多青蛙，拿着许多乐器——就中鼓特别多——在一个舞台合奏交响乐。

门外一个毛月亮照着一片大自然,处处黑黢黢的令人害怕。麦田里吹来一股香气,怪好闻的。我忽然想起了昨夜的话,说道:"爸爸,你昨夜教我一句苏东坡的好诗句,叫作'麦陇风来饼饵香'。现在我也闻到了,就是这种风的香气吧?"爸爸笑道:"对啊,对啊!你闻到了饼饵香,我就请你吃饼干吧。我们到那田角的石条上去吃。"

四周都是青蛙的叫声。近处的咯咯咯咯,远处的咕咕咕咕。合起来如风雨声,如潮水声。闭目静听,又好像千军万马奔腾而来的声音。我说:"门房间里有蚊子合奏,这里有青蛙合奏呢!"爸爸说:"蛙的鸣声真像合奏,所以古人称它为'蛙鼓'。不但其音色如鼓,仔细听起来,其一断一续、一强一弱,好像都有节奏。这是不愧称为合奏的。你听……这好像一个大orchestra的合奏。你晓得什么叫作orchestra?翻译作中国话,就是管弦乐队。你生长在乡下,还没有机会见过这种大合奏队。但无线电常常放送着。将来我们也去买一架收音机,你就可听见,虽然不能看见。合奏的种类甚多。两人也是合奏,三四人也是合奏。大起来,数十人、数百人的合奏也有——就是所谓orchestra。但你要知道,刚才王老伯伯和阿四的花头,其实不能称为'合奏',只能称为'齐奏'。因为合奏不但是许多乐器的共演,同时又是许多旋律的共进。许多旋律各不相同,而互相调和,在各种乐器上同时表出,即成为合奏。王老伯伯和阿四所用的乐器虽然各异,但所奏的旋律完全相同,所以只能称之为齐奏,还没有被称为合奏的资格。"这时我的汽水已经喝了半瓶。

"orchestra的人数和乐器数多少不定。普通小的，数十人奏十数种乐器。大的，数百人奏数十种乐器。远听起来，其声音正像这千万只青蛙的一齐鸣鼓一样。乐器可分为四大群。第一群是弦乐器，都是弦线发音的，像你近来学习的提琴，便是弦乐器中最主要的一种。提琴同时用数个，或十数个，或数十个，所奏的是曲中最主要的旋律。第二群是木管乐器，就是箫笛之类的东西，音色特别清朗。第三群是金管乐器（铜管乐器），就是喇叭之类的东西，声音最响。第四群是打乐器（打击乐器），就是钟鼓之类的东西，声音最强。所以orchestra的演奏台上，这四群乐器的位置都有一定：弦乐器最主要，故位在最前方。木管乐器次之。金管乐器声音最响，宜于放在后面。打乐器声音最强，而且大都是只为加强拍子的，故放在最后。用这四大群乐器合奏的乐曲，叫作'交响乐'，是最长的乐曲。"我吞了最后的一口汽水。

"最大的orchestra，有一千多人，叫作'千人管弦乐队'。现在我们不妨把这无数的青蛙想象作一个'千人管弦乐队'，而坐在这里听他们的交响乐！"爸爸也喝完了汽水。

夜露渐重，摸摸身上有些湿了。我们不约而同地立起身来。我收拾汽水瓶，跟着爸爸缓步回家。就寝时已经十二点钟。这晚上我做了两个梦。第一个梦是爸爸买了一架收音机来装在吃饭间里，开出来怪好听的。第二个是梦见许多青蛙,拿着许多乐器——就中鼓特别多—在一个舞台合奏交响乐。忽然一只青蛙大吹起喇叭来,把我惊醒。原来是工厂里放汽管!时光还只五点半。想起了今天是星期日,我重又睡着了。

## 画 鬼[1]

《后汉书·张衡传》云:"画工恶图犬马,好作鬼魅,诚以事实难作,而虚伪无穷也。"

《韩非子》云:"狗马最难,鬼魅最易。狗马人所知也,旦暮于前,不可类之,故难。鬼魅无形,无形者不可睹,故易。"

这两段话看似道理很通,事实上并不很对。"好作鬼魅"的画工,其实很少。也许当时确有一班好作鬼魅的画工,但一般地看来,毕竟是少数。至于"鬼魅最易"之说,我更不敢同意。从画法上看来,鬼魅也一样地难画,甚或适得其反:"犬马最易,鬼魅最难。"

何以言之?所谓"犬马最难,鬼魅最易",从画法上看来,是以"形似"为绘画的主要标准而说的话。"形似"就是"画得像"。"像"一定有个对象,拿画同对象相比较,然后知道像不像。充其

---

[1] 本文曾载于1936年7月16日《论语》杂志6卷第92期。

伴侣

形体的肖似固然是绘画的一个重要目标，但此外还有一个更重要的目标，是要表现物象的神气。

丰子恺作品《伴侣》

极致，凡画中物的形象与实物的形象很相同的，其画描得很像，在形似上便可说是很优秀的画。反之，凡画中物的形象与实物的形象很不相同的，其画描得很不像，在形似上便可说是很拙劣的画。画犬马，有对象可比较，像不像一看就知道，所以说它难画；画鬼魅，没有对象可比较，无所谓像不像，所以说它容易画。——这便是以"像不像实物"为绘画批评的主要标准的。

这标准虽不错误，确实太低浅。因为充其极致，照相将变成最优秀的绘画，而照相发明以后，一切画法都可作废，一切画家都可投笔了。照相发明至今已近百年，而画法依然存在，画家依然活动，即可证明绘画非照相所能取代，即绘画自有照相所不逮的另一种好处，亦即绘画不仅以形似为标准，尚有别的更重要的标准在这里。这更重要的标准是什么？

简言之："绘画以形体肖似为肉体，以神气表现为灵魂。"即形体的肖似固然是绘画的一个重要目标，但此外还有一个更重要的目标，是要表现物象的神气。倘只有形似而缺乏神气，其画就只有肉体而没有灵魂，好比一具尸骸。

譬如画一条狗，依照实物的尺寸，依照实物的色彩，依照解剖之理，可以画得非常正确而肖似。然而这是博物图，是"科学的绘画"，绝不是艺术的作品。因为这只狗缺乏神气。倘要使它变成艺术的绘画，必须于形体正确之外，再仔细观察狗的神气，尽力看出它立、坐、跑、叫等种种时候形象上所起的变化的特点，把这特点稍加夸张而描出在纸上。夸张过分，妨碍了实物的尺寸、色彩，或解剖之理的时候也有。例如画吠的狗，把嘴画得比实物更大了些；画跑的狗，把脚画得比实际更长了些；画游戏的狗，把脸孔画成了带些笑容。然而看画的人并不埋怨画家失实，反而觉得这画富有画趣。所以有许多画，像中国的山水画、西洋的新派画，以及漫画，为了要明显地表现出物象的神气，常把物象变形，变成与实物不符、甚或完全不像实物的东西。其中有不少因为夸张过甚，远离实相，走入虚构境界，流于形式主义，失却了绘画艺术所重要的客观性。但相当地夸张不但为艺术所许可，而且是必要的。因为这是绘画的灵魂所在的地方。

故正式的作画法，不是看着了实物而依样画葫芦，必须在实物的形似中加入自己的迁想——即想象的功夫。譬如要画吠的狗，画家必先想象自己做了狗（恕我这句话太粗慢了。然而为说明便利起见，不得不如此说），在那里狂吠，然后能充分表现其神气。要画玩皮球的小黄狗（我自己曾经在开明小学教科书中画过），想象自己做了小黄狗，体验它的愉快的心情，然后能充分表现其神气。想象的工作，在绘画上是极重要的一事。有形的东西，可用想象使它变形；无形的东西，也可用想象使它有形。人实际是没有翅膀的，艺术家可用想象使他生翅膀，描成天使。狮子实际是没有人头的，艺术家可用想象使他长出人面孔来，造成Sphinx（狮身人面像）。天使与Sphinx，原来都是"无形不可睹"的，然而自从古人创作以后，至今流传着、保存着。谁能说这种艺术制作比画"旦暮于前"的犬马容易呢？

我说鬼魅也不容易画，便是为此。鬼这件东西，在实际的世间，我不敢说无，也不敢说有。因为我曾经在书中读鬼的故事，又常听见鬼的人谈鬼的话儿，所以不敢说无；又因为我从来没有确凿地见过鬼，所以不敢说有。但在想象的世界中，我敢肯定鬼确是有的。因为我常常在想象的世界中看见过鬼——就是每逢在书中读到鬼的故事，从见鬼者的口中听到鬼的话儿的时候，我一定在自己心中想象出适合于其性格行为的鬼的姿态来。只要把眼睛一闭，鬼就出现在我的面前。有时我立刻取纸笔来，想把某故事中的对鬼的想象姿态描画出来，然而往往不得成功。因为闭了目在想象的世界中所见的印象，到底比张开眼睛在实际的世间所见的印象薄弱得多。描来描去，难得描成一个可称适合于该故事中的鬼的性格行为的姿态。这好比侦探家要背描出曾经瞥见而没有捉住的盗贼的相貌来，银行职员要形容出冒领巨款的骗子的相貌来。闭目一想，这副相貌立刻出现；但是动笔描绘起来，往往不能如意称心。因此"鬼魅最易画"一说，我万万不敢同意。大概他们所谓"最易"，是不讲性格行为，不讲想象世界，而随便画一个"鬼"的意思。那么乱涂几笔也可说"这是一个鬼"，倒翻墨水瓶也可说"这是一个鬼"，毫无凭证，又毫无条件，当然是太容易了。但这些只能称之为鬼的符，不能称之为鬼的"画"。既称为画，必然有条件，即必须出自想象的世界，必须适于该鬼的性格行为。因此我的所见适得其反：

"犬马最易，鬼魅最难。"犬马旦暮于前，画时可凭实物而加以想象；鬼魅无形不可睹，画时无实物可凭，全靠自己在头脑中 shape[1]（塑造）出来，岂不比画犬马更难？故古人说："事实难作，而虚伪无穷。"我要反对地说："事实易摹，而想象难作。"

我平生所看见过的鬼（当然是在想象世界中看见的），回想起来可分两类：第一类是凶鬼，第二类是笑鬼。现在还在我脑中留着两种清楚的印象：

小时候一个更深夜静的夏天的晚上，母亲赤了膊坐在床前的桌子旁填鞋子底，我戴个红肚兜躺在床里的篾席上。母亲把她小时所见的"鬼压人"的故事讲给我听：据说那时我们地方上来了一群鬼，到了晚上，鬼就到人家的屋里来压睡着的人。每户人家的人，不敢同时睡觉，必须留一半人守夜。守夜的人一听见床里"咕噜咕噜"地响起来，就知道鬼在压这床里的人了，连忙去救。但见那人满脸通红，两眼突出，口中泛着唾沫；胸部一起一落，呼吸困急；两手紧捏拳头，或者紧抓大腿，好像身上压着一对无形的青石板的模样。救法是敲锣。锣一敲，邻近人家的守夜者就响应，全闹起锣来。于是床里人渐渐苏醒，连忙拉他起来，到别处去躲避。他的指爪深深地嵌入手掌中或大腿中，拔出后血流满地。据被鬼压过的人说，一个青面獠牙的鬼坐在他的胸上，用一手叉住他的头颈，用另

---

[1] 这里因为一时想不出相当的中文动词来，姑且借用一英文字。——作者注

白而大而平的笑鬼脸比青面獠牙的凶鬼更加可怕。因为凶鬼脸是率直的,犹可当也;笑鬼脸是阴险的,令人莫可猜测,天下之可怕无过于此!

丰子恺作品《晨出》

一手批他的颊，所以如此苦闷。我听到这里，立刻从床里逃出，躲入母亲怀里。从她的肩际望到房间的暗角里、床底下，或者桌子底下，似乎看见一个青面獠牙的鬼，隐现无定。身体青得厉害，发与口红得厉害，牙与眼白得更厉害。最可怕的就是这些白。这印象最初从何而来？我想大约是祖母丧事时我从经忏堂中的十殿阎王的画轴中得到的。从此以后听到人说凶鬼，我就在想象中看见这般模样。屡次想画一个出来，往往画得不满意。不满意处在于不很凶。无论如何总不及闭目回想时所见的来得凶。

学童时代，到乡村的亲戚家做客，那家的老太太（我叫三娘娘的），晚上叫出他的儿子（我叫蒋五伯的）送我回家，必然点一股香给我拿着。我问"为什么要拿香"，他们都不肯说。后来三娘娘到我家做长客，有一天晚上，她说明叫我拿香的原因，为的是她家附近有笑鬼。夏夜，三娘娘独坐在门外的摇纱椅子里，一只手里拿着佛柴（麦秆儿扎成的，取其色如金条），口里念着"南无阿弥陀佛"，每天都要念到深夜才去睡觉。有一晚，她忽闻耳边有吃吃的笑声，回头一看，不见人，笑声也没有了。她继续念佛，一会儿笑声又来。这位老太太是不怕鬼的，并不惊逃。那鬼就同她亲善起来：起初给她捶腰，后来给她搔背；她索性把眼睛闭了，那鬼就走到前面来给她敲腿，又给她在项颈里提痧。夜夜如此，习以为常。据三娘娘说，它们讨好她，为的是要钱。她的那把佛柴念了一夏天，全不发金，反而越念越发白。足证她所念出来的佛，都被它们当作捶背搔痒的工资得去，并不留在佛柴上了。初秋的有一晚，她恨那些笑鬼太要钱,有意点一支香,插在摇纱椅旁的泥地中。这晚果然没有笑声,也没鬼来讨好她了。但到了那支香点完了的时候,忽然有一种力,将她手中的佛柴夺去,同时一阵冷风带着一阵笑声,从她耳边飞过,向远处去了。她打个寒噤,连忙搬了摇纱椅子,逃进屋里去了。第二日,捉草<sup>1</sup>孩子在附近的坟地里拾得一把佛柴,看见上面束着红纸圈,知道是三娘娘的,拿回来送还她。以后她夜间不敢再在门外念佛,但是窗外仍是常有笑声。油盏火发暗了的时候,她常在天窗玻璃中看见一只白而大而平的笑脸,忽隐忽现。我听到这里毛骨悚然,立刻钻到人丛中去。偶然望望黑暗的角落里,但见一只白而大而平的笑脸在那里慢慢地移动。其白发青,其大发浮,其平如板,其笑如哭。这印象,最初大概是从尸床上的死人得来的。以后听见人说善鬼,我就在想象中看见这般模样。也曾屡次想画一个出来,也往往画得不满意。不满意在于不阴险。无论如何总不及闭目回想时所见的来得更阴险。

所以我认为画鬼魅比画犬马更难,其难与画佛像相比。画佛像求其尽善,画鬼魅求其极恶。画善的相貌固然难画,极恶的相貌一样地难画。我常嫌画家所描的佛像太像普通人,不能表出十全的美;同时也嫌画家所描的鬼魅也太像普通人,不能表出十全的丑。虽然我自己画的更不如人。

---

1　作者家乡话,意为割草。

中世纪西洋画家描耶稣，常在众人中挑选一个面貌最近于理想的耶稣面貌的人，使作模特儿，然后看着了写生。中国画家画佛像，不用这般笨法。他们读万卷书，行万里路，留意万人的相貌，向其中选出最完美的耳目口鼻等部分来，在心中凑成一副近于十全的相貌，假定为佛的相貌。我想，画鬼魅也该如此。读万卷书，行万里路，研究无数凶恶人及阴险家的脸，向其中选出最丑恶的耳目口鼻等部分来，牢记其特点，集大成地描出一副极凶恶的或极阴险的脸孔来，方才可称为标准鬼脸。但这是极困难的一事。所以世间难得有十全的鬼魅画。我只能在万人的脸孔中零零碎碎地看到种种鬼相而已。

我在小时候，觉得青面獠牙的凶鬼脸最为可怕。长大后，所感就不同，觉得白而大而平的笑鬼脸比青面獠牙的凶鬼更加可怕。因为凶鬼脸是率直的，犹可当也；笑鬼脸是阴险的，令人莫可猜测，天下之可怕无过于此！我在小时候，看见零零碎碎地表露在万人的脸孔上的鬼相，凶鬼相居多，笑鬼相居少。长大后，以至现在，所见不同，凶鬼相居少，而笑鬼相居多了。因此我觉得现今所见的世间比儿时所见的世间更加可怕。因此我这个画工也与古时的画工相反，是"好作犬马"，而"恶图鬼魅"的。

一九三六年暮春作

孩子是创造者，能赋给生命于一切的事物，是「艺术」的国土的主人。

丰子恺作品《童话世界》

# 从孩子得到的启示

## 一

晚上喝了三杯老酒,不想看书,也不想睡觉,捉一个四岁的孩子华瞻来骑在膝上,同他寻开心。我随口问:"你最喜欢什么事?"

他仰起头一想,率然地回答:"逃难。"

我倒有点奇怪:"逃难"两字的意义,在他不会懂得,为什么偏偏选择它?倘然懂得,更不应该喜欢了。我就设法探问他:"你晓得逃难就是什么?""就是爸爸、妈妈、宝姐姐、软软……娘姨,大家坐汽车,去看大轮船。"

啊!原来他的"逃难"的观念是这样的!他所见的"逃难",是"逃难"的这一面!这真是最可喜欢的事!

一个月以前,上海还属孙传芳的时代,国民革命军将到上海的消息日紧一日,素不看报的我,这时候也定一份《时事新报》,每

---

1 本文曾载于 1927 年 7 月 10 日《小说月报》第 18 卷第 7 号。

天早晨看一遍。有一天，我正在看昨天的旧报，等候今天的新报的时候，忽然上海方面枪炮声起了，大家惊惶失色，立刻约了邻人，扶老携幼地逃到附近的妇孺救济会里去躲避。其实倘然此地果真进了战线，或到了败兵，妇孺救济会也是不能救济的。不过当时张皇失措，有人提议这办法，大家就假定它为安全地带，逃了进去。那里面地方很大，有花园、假山、小川、亭台、曲栏、长廊、花树、白鸽，孩子们一进去，登临盘桓，快乐得如入新天地了。忽然兵车在墙外轰过，上海方面的机关枪声、炮声，愈响愈近，又愈密了。大家坐定之后，听听，想想，方才觉到这里也不是安全地带，当初不过是自骗罢了。有决断的人先出来雇汽车逃往租界。每走出一批人，留在里面的人增一次恐慌。我们结合邻人来商议，也决定出来雇汽车，逃到杨树浦的沪江大学。于是立刻把小孩子们从假山中、栏杆内捉出来，装进汽车里，飞奔杨树浦了。

所以决定逃到沪江大学者，因为一则有邻人与该校熟识，二则该校是外国人办的学校，较为安全可靠。枪炮声渐远渐弱，到听不见了的时候，我们的汽车已到沪江大学。他们安排一个房间给我们住，又为我们代办膳食。傍晚，我坐在校旁的黄浦江边的青草堤上，怅望云水遥忆故居的时候，许多小孩子采花、卧草，争看无数的帆船、轮船的驶行，又是快乐得如入新天地了。

次日，我同一邻人步行到故居来探听情形的时候，青天白日的旗子已经招展在晨风中，人人面有喜色，似乎从此可庆承平了。我们就雇汽车去迎回避难的眷属，重开我们的窗户，恢复我们的生

团结就是力量

子恺

孩子胜过大人的地方，在于他们彻底的诚实、纯洁而不虚饰。

丰子恺作品《团结就是力量》

活。从此"逃难"两字就变成家人的谈话的资料。这是"逃难"。这是多么惊慌、紧张而忧患的一种经历！然而人物一无损丧，只是一次虚惊，过后回想，这日好似全家的人突发地出门游览两天。我想假如我是预言者，晓得这是虚惊，我在逃难的时候将何等有趣！素来难得全家出游的机会，素来少有坐汽车、游览、参观的机会。那一天不论时、不论钱，浪漫地、豪爽地、痛快地举行这游历，实在是人生难得的快事！只有小孩子真果感得这快味！他们逃难回来以后，常常拿香烟簏子[1]来叠作栏杆、小桥、汽车、轮船、帆船，常常问我关于轮船、帆船的事，墙壁上及门上又常常有有色粉笔画的轮船、帆船、亭子、石桥的壁画出现。可见这"逃难"，在他们脑中有难忘的欢乐的印象。所以今晚无端地问华瞻最喜欢什么事，他立刻选定这"逃难"。原来他所见的，是"逃难"的这一面。

不止这一端：我们所打算、计较、争夺的洋钱，在他们看来个个是白银的浮雕的胸章；仆仆奔走的行人，血汗涔涔的劳动者，在他们看来个个是无目的地在游戏，在演剧；一切建设，一切现象，在他们看来都是大自然的点缀、装饰。

唉！我今晚受了这孩子的启示了：他能撤去世间事物的因果关系的网，看见事物的本身的真相。他是创造者，能赋给生命于一切的事物。他们是"艺术"的国土的主人。唉，我要从他学习！

---

1 　即香烟盒子。

## 二

两个小孩子,八岁的阿宝与六岁的软软,把圆凳子翻转,叫三岁的阿韦坐在里面。他们两人同他抬轿子。不知哪一个人失手,轿子翻倒了。阿韦在地板上撞了一个大响头,哭了起来。乳母连忙来抱起。两个轿夫站在旁边呆看。乳母问:"是谁不好?"

阿宝说:"软软不好。"

软软说:"阿宝不好。"

阿宝又说:"软软不好,我好!"

软软也说:"阿宝不好,我好!"

阿宝哭了,说:"我好!"

软软也哭了,说:"我好!"

他们的话由"不好"转到了"好"。乳母已在喂乳,见他们哭了,就从旁调解:

"大家好,阿宝也好,软软也好,轿子不好!"

孩子听了,对翻倒在地上的轿子看看,各用手背揩揩自己的眼睛,走开了。

孩子真是愚蒙。直说"我好",不知谦让。所以大人要称他们为"童蒙""童昏",要是大人,一定懂得谦让的方法:心中明明认为自己好而别人不好,口上只是隐隐地或转弯地表示,让众人看,让别人自悟。于是谦虚、聪明、贤慧等美名皆在我了。

讲到实在，大人也都是"我好"的。不过他们懂得谦让的一种方法，不像孩子地直说出来罢了。谦让方法之最巧者，是不但不直说自己好，反而故意说自己不好。明明在谆谆地陈理说义，劝谏君王，必称"臣虽下愚"。明明在自陈心得、辩论正义，或惩斥不良、训诫愚顽，表面上总自称"不佞""不慧"或"愚"。习惯之后，"愚"之一字竟通用作第一身称的代名词，凡称"我"处，皆用"愚"。常见自持正义而赤裸裸地骂人的文字函牍中，也称正义的自己为"愚"，而称所骂的人为"仁兄"。这种矛盾，在形式上看来是滑稽的；在意义上想来是虚伪的、阴险的。"滑稽""虚伪""阴险"，比较大人评孩子的所谓"蒙""昏"，丑劣得多了。

对于"自己"，原是谁都重视的。自己的要"生"，要"好"，原是普遍的生命的共通的大欲。今阿宝与软软为阿韦抬轿子，翻倒了轿子，跌痛了阿韦，是谁好谁不好，姑且不论，其表示自己要"好"的手段，是彻底的诚实、纯洁而不虚饰的。

我一向以小孩子为"昏蒙"。今天看了这件事，恍然悟到我们自己的昏蒙了。推想起来，他们常是诚实的，"称心而言"的；而我们呢，难得有一日不犯"言不由衷"的恶德！

唉！我们本来也是同他们那样的，谁造成我们这样呢？

一九二六年作

# 艺术的自然情味

| 贰

# 一副"绝缘"的眼镜[1]

我们幼时在旷野中游戏,经验过一种很有趣的玩意儿:爬到土山顶上,分开两脚,弯下身子,把头倒挂在两股之间,倒望背后的风景。看厌了的田野树屋,忽然气象一新,变成一片从来不曾见过的新颖而美丽的仙乡的风景!远处的小桥茅舍,都玲珑得像山水画中的景物;归家的路,蜿蜒地躺在草原之上,似乎是通桃源的仙径。年纪大了以后,僵硬起来,又拖了长袍,身子不便再作这种玩意儿。久不亲近这仙乡的风味了。然而我遇到风景的时候,也有时用手指打个圈子,从圈子的范围内眺望前面的风景。虽然不及幼时所见的那仙乡的美丽,但似乎比平常所见也新颖一点。为什么从裤间倒望的风景,和从手指的范围内窥见的风景,比平时所见的新颖而美丽呢?现在回想起来,方知这里面有一种奇妙的作用。其关键就在于裤间的"倒望"和手指的"范围"。因为经过这两种"变形",打断了景物对我们的向来的一切"关系"(例如这是吾乡的

---

[1] 本文曾载于1921年4月25日《美展》杂志第6期,原标题为《看展览会用的眼镜——告一般入场者》。

某某桥，这是通林家的路），而使景物在我们眼前变成了一片素不相知的全新的光景。因此我们能撇开一切传统实际的念头，而当作一种幻象观看，自然能发现其新颖与美丽了。这"变形"的力真伟大！它能使陈腐枯燥的现世超升为新奇幻妙的仙境，能使这现实的世界化为美的世界。

现在我可以不必借助于这种"变形"的力。我已有了一副眼镜。戴了这眼镜就可看见美的世界。但这副眼镜不是精益、精华等眼镜公司所卖的，乃从自己的心中制出。牌子名叫"绝缘"。

戴上这副"绝缘"的眼镜，望出来所见的森罗万象个个是不相关系的独立的存在物。一切事物都变成了没有实用的、专为其自己而存在的有生命的现象。房屋不是供人住的，车不是供交通的，花不是果实的原因，果实不是人的食品，都是专为观赏而设的，眼前一片玩具的世界！

然而我在料理日常生活的时候，不戴这副眼镜。那时候我必须审察事物的性质，顾虑周围的变化，分别人我的界限，计较前后的利害，谨慎小心地把全心放在关系因果中活动。譬如要乘火车：看表，兑钱，买票，做行李，上车，这些时候不可以戴那副眼镜。一到坐在车中的窗旁，一切都舒齐[1]了，然后拿出我那副"绝缘"

---

1　作者家乡话，即拾掇好、安定的意思。

倦旅 子恺画

丰子恺作品 《倦旅》

用了艺术的眼光去看，疲倦暂憩的旅人身上，也有着丰富的诗情和画意。

的眼镜来，戴上了眺望车窗外风景……在马路上更不容易戴这副眼镜。要戴也只能暂时的一照，否则会被汽车撞倒。如果散步在乡村的田野中，或立在深夜的月下，那就可以尽量地使用这眼镜。进了展览会场中，更非戴这副眼镜不可了。

这眼镜不必用钱购买，人人可以在自己的心头制造。展览会的入场诸君，倘有需要，大可试用一下看。我们在日常的实际生活中，饱尝了世智尘劳的辛苦。我们的心天天被羁绊在以"关系"为经"利害"为纬而织成的"智网"中，一刻也不得解放。万象都被结住在这网中。我们要把握一件事物，就牵动许多别的事物，终于使我们不能明白认识事物的真相。譬如看见一块洋钱，容易立刻想起这洋钱是银币，可以买物，可以兑十二个角子，是谁所有的，对我有何关系……种种别的事件，而不容易认知这银板浮雕（洋钱）的本身的真相。因此我们的心常常牵系在这千孔百结的网中，而不能"安住"在一种现象上。世智尘劳的辛苦，都是这网所织成的。

习惯了这种世智的辛苦之后，人的头脑完全受了理智化。无论何时，对于无论何物，都用这种眼光看待。于是永远不能窥见事物的真相，永远不识心的"安住"的乐处了。山明水秀，在他只见跋涉的辛劳；夜静人闲，在他只虑盗贼的钻墙。人生只有苦患。森林在他只见木材，瀑布在他只见水力电气的利用，世界只是一大材料工场——甚至走进美术展览会中，也用这种眼光来看绘画。一幅画在他的眼中只见"某画家的作品""定价若干""油画""画的是何物"……各种与画的本身全无关系的事件。有时他赞美一幅画，为的是这幅画出于大名家的手迹，或所画的是名人的肖像、荣华富贵的象征（凤凰牡丹等）、容貌类似其恋人的美女……有时他非难一幅画，为的是这幅画中的事物画得不像，看不清楚，或所画的是褴褛的乞丐、伤风败俗的裸女……他只看了展览会的背部，没有看见展览会的正面；只看了画的附属物，没有看见画的本身。

假如有这样的入场者，我奉劝他试用我前面所说的那副"绝缘"的眼镜。

一九二九年清明写于石湾

# 学会艺术的生活

原本我们初生入世的时候，并未意识到这世界是如此狭隘而使人窒息的。

我们虽然由儿童变成大人，然而我们这心灵是始终一贯的心灵，即依然是儿时的心灵，只不过经过许久的压抑，所有的怒放的、炽热的感情的萌芽，屡被磨折，不敢再发生罢了。这种感情的根，依旧深深地伏在做大人后的我们的心灵中。这就是"人生的苦闷"根源。

我们谁都怀着这苦闷，我们总想发泄这苦闷，以求一次人生的畅快。艺术的境地，就是我们所开辟的、来发泄这一生的苦闷的乐园。我们的身体被束缚于现实，匍匐在地上。然而我们在艺术的生活中，可以暂时放下我们的一切压迫与负担，解除我们平日处世的苦心，而过真的自己的生活，认识自己的奔放的生命。我们可以瞥见"无限"的姿态，可以体验人生的崇高、不朽，而发现生的意义与价值了。艺术教育，就是教人以这艺术的生活的。知识、道德，在人世间固然必要，然倘若缺乏这种艺术的生活，纯粹的知识与道德全是枯燥的法则的纲。这纲愈加繁多，人生愈加狭隘。

所谓艺术的生活，就是把创作艺术、鉴赏艺术的态度来应用在人生中，即教人在日常生活中看出艺术的情味来。倘能因艺术的修养，而得到了梦见这美丽世界的眼睛，我们所见的世界，就处处美丽，我们的生活就处处滋润了。

艺术教育就是教人用像作画、看画一样的态度来对世界；换言之，就是教人学做孩子，就是培养小孩子的这点"童心"，使他们长大以后永不泯灭。童心，在大人就是一种"趣味"。培养童心，就是涵养趣味。大人与孩子，分居两个不同的世界。儿童对于人生自然，另取一种特殊的态度，即对于人生自然的"绝缘"的看法。哲学地考察起来，"绝缘"的正是世界的"真相"，即艺术的世界正是真的世界。人类最初，天生是和平的、爱的。所以小孩子天生有艺术态度的基础。世间教育儿童的人，父母、老师，切不可斥儿童的痴呆，切不可把儿童大人化，宁可保留、培养他们的一点痴呆，直到成人以后。因为这痴呆就是童心。童心，在大人就是一种"趣味"。培养童心，就是涵养趣味。小孩子的生活，全是趣味本位的生活。我所谓培养，就是做父母、做老师的人，应该趁机助长，修正他们的对于事物的看法，要处处离去因袭，不守传统，不照习惯，而培养其全新的、纯洁的"人"的心。对于世间事物，处处要教他用这个全新的纯洁的心来领受，或用这个全新的纯洁的心来批判选择而实行。

郎骑竹马来 子恺画

培养童心，就是涵养趣味。小孩子的生活，全是趣味本位的生活。

丰子恺作品《郎骑竹马来》

认识千古大谜的宇宙与人生的，便是这个心。得到人生的最高愉悦的，便是这个心。赤子之心。

孟子说："大人者，不失其赤子之心者也。"所谓赤子之心，就是孩子的本来的心，这心是从世外带来的，不是经过这世间的造作后的心。明言之，就是要培养孩子的纯洁无疵、天真烂漫的真心，使其成人之后，"不为物诱"，能主动地观察世间、矫正世间，不致被动地盲从这世间已成的习惯，而被世间结成的罗网所羁绊。

常人抚育孩子，到了渐渐成长，渐渐脱去其痴呆的童心而成为大人模样的时代，父母往往喜慰，实则这是最可悲哀的现状！因为这是尽行放失其赤子之心，而为现世的奴隶了。

## 洋式门面[1]

以前我旅行到一座小城市,在当地一个小旅馆里住了几天。那旅馆位在这城市中最热闹的大街上。我每天进进出出,后来看熟了这大街的相貌。我觉得江浙内地的小城市,相貌大致相似。无非是石库墙门、粉墙马头、石板路、环洞门、石桥、茅坑,以及各种应有的商店凑合而成。而且各种商店的相貌,也各地大致相似。米店老是这么样子,药店老是那么样子,酱园又刻板如此……有时我看到了一爿商店,会把甲地误认为乙地。我觉得漫游内地的城市,好比远看一群农夫,服装、相貌和态度个个差不多。

然而这小城市的大街中,有一个特点惹我注目:许多完全中国式的半旧的店屋中间,夹着一所簇新的三层楼洋房。这是一爿绸缎店,这时候正在那里"大减价"。电灯泡像汗珠一般地装满了它的洋式门面。写着赌咒一般的广告文句的五色旗帜插满它的洋式门面,使我每次走过,不得不仰起头来看看。我觉得这洋房的门面着

---

[1] 本文曾载于1935年11月12日《申报》。

实造得讲究。全体红砖头嵌白线，上两层都有装花铁栏杆的阳台，窗户都用环门，环门上都砌出花纹来。样式虽不摩登但颇有些子西洋风，足以使我联想起路易时代的华丽的宫廷建筑来。我没有进去买绸缎，这洋房里面的样子不得而知。但根据这门面而推想，里面的建筑大约也很可观。这样陈旧的大城市里有了这样可观的一所三层楼洋房，好比鸡群中有了一只鹤，真是难得！但就城市的全体看，又好比一个农夫的头颈里加了一条绯色的花领带，怪不调和的！

后来，我离去这城市的前一日，一位朋友要我同到大街后面一所茶楼上去喝茶。他说这茶楼位在一个小高原上，房屋虽然平常，但因基地很高，凭在楼窗上可以眺望市外的野景，倒是很可息足的地方。我就跟他去。走过那三层楼洋房，转弯，过桥，便见高地上凌空站着一所茶楼。去处固然不坏，那楼窗内有许多闲煞了的"雅座"，似乎正在向我们招手。我们走进门，拾级而上，挑楼角靠窗口的座位坐下了。这里地位固然很高，坐在椅子上，可以望见市外的桑林、稻田，和市内许多房屋的屋顶。我望见其中有一所红色的屋，最高，矗立在诸屋顶之上。我知道这就是那三层楼洋房的绸缎店。

喝了好几开茶，烧了许多香烟，谈了许多话之后，我们疲倦起来，离开座位，沿楼窗走走。走到楼的那一角，靠在窗沿上眺望一下。我惊奇了：为的是望见那三层楼洋房的最高层的窗子开着，而窗子里面露出青天。几根电线横在这屋的背后，其一部分显出在窗

子里。一只鸟飞翔在这屋的后面,我也看见它从窗子里面飞过。我不期地叫出:

"咦!绸缎店里面几时火烧了?"

我的朋友不解我的意思,但抬头四望,找求火烧的烟气。经我说明,他才一笑答道:

"他们的洋房是假的呀!这原来也是一所旧式房子。后来添造了一个洋式门面,和一个'假三层楼'。外面看看神气十足,其实里面都是破房子。而且这三层楼只有一堵墙,壁的后面是天空,那些窗都是装装样子的。你在街上走时被它欺骗了,瞻仰这三层楼,还以为里面有着洞房清宫。现在被你看破了,也算是它的不幸!哈哈!"

我听了恍然大悟。重新眺望。观察了一会儿,不禁大笑,又重有所感。我每见商店的报纸上刻印着"本号开设某地某街,坐北朝南,洋式门面便是"等字样。这绸缎店真正只有一个"洋式门面",其营业手段可谓极精明而最经济了!但我不得不为建筑艺术及人心沉痛地惋惜:有人说,西洋文明一入中国便恶化。这个"假三层楼"可说是这句话的一个最极端的例证。有人说,"市容"是民心的象征。这个"假三层楼"具象地显示了当地人心的弱点!

中国式的建筑,西洋式的建筑,各有其实用的好处,各有其美术的价值。就实用说,中国式建筑宽舒而幽深,宜于游息;西洋式建筑精致而明爽,宜于工作。就形式(美术)说,中国式建筑构造

中国式的建筑，西洋式的建筑，各有其实用的好处，各有其美术的价值。

丰子恺作品
《六朝旧时明月》

公开，质料毕显，任人观览，毫无隐藏及虚饰，故富有"自然"之美；西洋式建筑形状精确，处处如几何形体，部署巧妙，处处适于住居心情，故富有"规则"的美。物质文明用了不可抵抗之力而闯入远东，为了生存竞争，我们不得不接受。旧有的建设，有许多不得不改变，以求效果的增大。建筑，尤其是工商业的建筑，为了工作效率的增加，就自然地要求洋式化了。然而，前面已经说过，一切西洋文明一入中国便恶化，西洋建筑术入中国，也逃不了这定例。大都徒然模仿了洋房的皮毛，而放弃了中国房子所有的好处。墙壁一碰就裂，地板一踏就动，天花板一下雨就漏，"四不灵"[1]一用就不灵……而且坍损了难以修理，甚至不可收拾。记得往年有一次，我经过所谓"洋房"的建筑工场，看见工人们正在那里做水门汀柱子。我站着参观一下，但见他们拿着畚箕，把东西倒进几根细铁条围成的柱骨里去。细看倒进去的是什么东西，一半是小砖石，一半是垃圾——香蕉皮和花生壳都有！他们将要给这些细铁条、小砖石、香蕉皮和花生壳穿上一件方正平滑的水门汀衣裳，当作一根柱子。我想：将来房屋造好了，人们坐在这柱子旁，犹如坐在固封了的垃圾桶旁呢！又有一次，我住了一所有抽水马桶的三层楼洋房。正屋旁边有小隔屋，上两层是抽水马桶间，下一层是灶间。抽水马桶的粗大的铁管，通过了灶间而入地，正靠在饭锅的旁边。据烧饭司务说，人静的时候，铁管中尿屎从三层楼落下，其音历历可闻。从此"洋房"给了我一个不好的印象。但这回看到了这个丑恶

---

[1] 英文 spring（lock）的译音，今译弹簧锁。

的"假三层楼",觉得此前之所见,还是可恕的了。

这种"洋房"所以恶化的原因,并非专为廉价,西洋的农村不是有着很合用而美观的cottage(村舍)吗?主要的原因,实由于要"装场面"。我们中国有许多造"洋房"的人,其目的非为求其适于住居及增加工作效率,实为好新立异,欲夸耀人目,以遂其招摇撞骗之愿。同时又不肯或不能多出些钱。于是建筑工程师就迎合这般人的心理,尽力偷工减料,创造那种专事皮毛模仿的"洋房"。他们的伎俩跟了时代而极度地发展进步,到今日居然产生了这个"假三层楼"的大杰作!——建筑艺术的浩劫是人心的虚伪、丑恶、愚痴的象征!

下了茶楼,辞别了我的朋友,归寓途经这"假三层楼"的时候,我急忙远离了,向前走去。一路但想:以"经济""便利""美观"三条件为要旨的"合理的"建筑,何时出现在我们的内地呢!何时出现在我们的内地呢?

# 钟表的脸[1]

有一次坐在上海的街车中，偶然向窗外一望，恰巧看见了某建筑上装着的一只大时钟。它的形式颇能牵惹我的注目，使我当时在车中起了种种感想，又使我至今不忘，现在特地把那感想录出来。

那时钟的脸上不用罗马字或阿拉伯字表示钟点，只画着十二根粗而短的直线，好像都是一点钟。但三点、六点、九点、十二点的四处，望去样子与别的不同，好像是空心的，或换一种颜色的。因为街车匆匆即过，没有给我看清楚。它的时针和分针，也是首尾一样粗大的直线，不过尖头上作"人"字形，好像一长一短的两支铅笔的投影。这在钟表的形式中是别开生面的。我当时一瞥所得的印象，异常新鲜。好似看惯了细眉细眼的都市小姐之后，突然看见一个粗眉大眼的乡下姑娘。

记得以前在谈论"新艺术"的外国书中，曾经看见过这样形式

---

1　本文曾载于1935年12月7日、8日《申报》。

的时钟的插图。但是我在中国看见实物，这是第一次。我一见它，首先想起了它对我个人的前缘：约十年之前，我在学校当教师，有一天对于看惯了的时钟的脸，忽然觉得讨嫌起来。因为那十二个阿拉伯字中，有几个好像在催促我上课，有几个好像在命令我睡觉，有几个好像在强迫我起床，还有几个好像在喊我赶快上车，使我在例假日看了也不得舒服。于是拿出油画具来，用cobalt（翠蓝）将表面和两针全体涂抹，又用别的颜料在右上角画柳树的一部分，再挂下几根柳条来。然后用黑纸剪成两只燕子，粘贴在两针的头上。这样一来，我的表就好像一幅圆额的miniature（小型画）。有时两只针恰到好处，表面也会展出很可喜的构图来。至于实用，我只要认明垂直的是十二点或六点，水平的是三点或九点，其他的时间就可在每个九十度角内目测而知了。我做了这个玩意儿，一时很得意，曾经把壁上的挂钟如法炮制，使它变成一幅油画（这件事曾经记录在我的《缘缘堂随笔》中）。这个挂钟现在还挂在我故乡的家里的东壁上。不过后来我又看厌，早已把杨柳燕子涂去，现在只剩一张白脸和两只黑针了。我和我家里的人，对于"没字钟"已经看惯，大家不要求注阿拉伯字。常来的客人也已不怪，而且会看。几个目力锐敏的小孩子，还能看出几点几十几分半来呢。因有这前缘，我对于钟表的脸的变相特别关切。这一天从车窗中望见那个"新艺术"式的时钟，格外注意。但现在提出这话儿，并非要拿它来证明我对"新艺术"形式的先觉。上述的玩意儿，完全出于我的好奇心和游戏，谈不到艺术上去。只是钟表面不注数字这一点，与我的旧事偶然相合，因此重提耳。现在我平心地想：我的办法——在钟表的脸上画杨柳燕子或涂煞——原是当时过于好奇，只堪自怡悦而不足为他人取法的。但如新艺术所提倡，钟表脸上免除阿拉伯字一事我觉得是值得商榷的，不妨在这里漫谈一下。

现在生活的人，对于钟表的脸，看的回数，恐怕比看上司、老板、好友、爱人的脸的回数更多吧！学生、先生、工人、店员、邮局里的人、车站里的人……谁不每天看好几次钟表的脸呢？就是深居简出、养尊处优、尊荣富贵而天天要别人伺候他的脸色的人，自己也不得不常看钟表的脸色呢。希望这个众目每天常看的脸的相貌，变得好看些，原是有理的要求。记得我们初见它时，它的脸上划着细致的罗马字，那辐射形的许多线条、图案的意味，与数字的意味相伴。虽然烦琐，却也温文典雅，颇有古风。我也记不得它是什么世纪在西洋出世的，但知道它在明朝万历年间（十六世纪末）就由利玛窦带进中国来，想来总是十六世纪或以前的产物。罗马字大约就是原来的相貌吧？因为那细致的辐射形、温雅的图案风，可以使我联想起文艺复兴时期及宫廷艺术时代的美术形式来。约三十年前，当我们小时候，它的脸上还划着罗马字，后来忽然变容，大大小小的钟表，脸上都注着阿拉伯字了。此风始于何时，创于何国何人，我非工艺美术的考据家，不得而知。但可想象这是十九世纪末"实利主义"时代的现状，"主智主义"在工艺美术上的表示。因为用1、2、3、4、5等以长方形为基本形式而笔画繁简不等的阿拉伯字来装在一个圆圈内的四周，而且还要叫它们个个向着我，在实利上、在智的感觉上，虽有便利之处，但是在形式上终免不了"凿

现在生活的人,对于钟表的脸,看的回数,恐怕比看上司、老板、好友、爱人的脸的回数更多吧!

丰子恺作品《待修的钟》

枘"之憾。尤其是现在流行的女子用的长方形手表：因为要硬把长方形的四边去凑指针的圆运动，以致各阿拉伯字的大小和距离都参差起来，变成了一副尴尬脸孔。现在回想，当年我讨嫌钟表的脸面而给它们涂煞，虽是好奇之举，恐怕一半也是它们那副尴尬脸孔所使然。

注阿拉伯字的钟表装尴尬脸孔给世人看，至今已有数十年了。世间一定有敏感的工艺美术家讨嫌它，所以有那种新艺术风的时钟的出现。"单纯明快"，是现在感觉所要求的美术形式。雕龙刻凤的家具，现在已被玻璃桌子和钢管椅子所代替了。富丽堂皇的宫殿，现在已被玻璃房子、摩天楼、汽船式建筑所代替了。万般工艺美术，都跟了这潮流而趋向"单纯明快"，这时钟可说是其先锋之一。讲到它的好处，第一：钟表沿用已久，它的脸上的部位我们已看得熟而又熟。故仅用一划表示钟点，而不注数目字，是有利于形式，而无碍于实用的。第二：用一划表示钟点，因其所占地位狭小，而且个个同样，故每五分钟之间的距离很清楚，比罗马字的清楚，比阿拉伯字的清楚得多。我们看分数，一眼就可看清楚。第三：指针上免除装饰纹样。不如旧式的钟表的指针，两旁由曲线形成，针头有圆圈，有时圆圈下还装着许多花纹。其指示的态度直截、明了，不如旧式指针的噜哩噜苏。在这三点上，我赞美新式钟表的脸。但我不能断定这是最进步最合理的钟表形式；只觉得比注阿拉伯字的好看。至少它对于一部分人的视觉是能给予慰安的。在我国的内地，广袤的穷乡僻处，还有无数人不曾见过钟表的面呢！

# 玻璃建筑[1]

佛经里描写西方极乐世界的殿宇的壮丽，曾用"琉璃"等词。我没有到过西方极乐世界，不知道所谓琉璃的殿宇究竟怎样壮丽，只住在这娑婆世界里想象那光景，大概是玻璃造成的房子吧。其实，佛教徒要表示出世的境地的极乐，而借用娑婆世界里的琉璃、玛瑙、珊瑚等物质来描写，弄巧成拙，反使西方极乐世界的状况陷于贫乏而可怜了。因为用那些物质来建造的房屋，在物质文明极度发达的娑婆世界里都是可以做到的。现在的欧洲已有"玻璃建筑"流行着了。

现代艺术潮流的变迁真是迅速！我们小时候传闻欧洲艺术的盛况，只知道十九世纪的绘画如何发达，音乐如何热闹。那时的欧洲艺术，承继着十九世纪的余晖，还是绘画、音乐中心的时代。过了不到二十年，再看现代的欧洲的艺术界，已迅速地变成电影、建筑中心的时代了。绘画已被未来派、立体派等所破坏，而溶化于电

---

[1] 本文曾载于1933年3月《现代》杂志第2卷第5期。

影中。无形的交响乐远不及实用的摩天楼地能适应物质文明的现代人的欲望。结果，最庞大而最合实用的建筑，在现代艺术界中占了第一把交椅。最初用铁当作柱，有所谓铁骨建筑；最近又用玻璃当作壁，有所谓玻璃建筑了。铁骨建筑改变了房屋的外形的相貌，玻璃建筑又改变了房屋的内面的情趣，使现代建筑改头换面，成了全新的式样。我从印刷物上看见它们的照片，便联想到文学中所说的水晶宫和佛经中所说的琉璃殿，惊讶文学的预言已经实验，西方极乐世界已经出现在地球上的西方了！

听说提倡玻璃建筑的是德国人席尔巴特（Scheerbart）[1]。他曾在1914年撰写了一册书，名曰《玻璃建筑》（*Glasarchitektur*）。他这册书是奉献于新建筑家陶特（Brttns Taut）[2] 的。于是陶特做了该书的实行者，在当时科伦的Werkbund（同人）展览会中建造一所玻璃屋，即所谓Glas-haus，作为对席尔巴特的答礼。这是现代玻璃建筑的发端。现在已有更进步的玻璃建筑在欧洲流行了。我没有读过席尔巴特的著作，但在日本人的摘译中看到过该书第一章里的一段，觉得颇惹感想：

---

1　原文译为显尔尔巴特，现多译为席尔巴特。德国诗人、表现派作家，曾在小说中详细描写了"玻璃建筑"的建造目的与实践方法。
2　原文译为强德，现多译为陶特。一位活跃于魏玛时期德国的建筑师、城市规划师及作家。席尔巴特提出玻璃建筑的构想后，陶特于1914年德国科隆博览会上创作出了"玻璃亭"，轰动一时。

"我们通常在笼闭的住宅内生活。住宅是产生我们的文化的环境。我们的文化，在某程度内被我们的住宅建筑所规定。倘要我们的文化向上，非改革我们的住宅不可。这所谓改革，必须从我们生活的空间中取除其隔壁，方为可能。要实行这样的改革，只有采用玻璃建筑，使日月星辰的光不从窗中导入，而从一切玻璃的壁面导入——这样的新环境，必能给人一种新文化。"

我没有身入现代欧洲的玻璃建筑中，只有温室有几次走进去过。玻璃建筑当然不是把人种花卉而造的放大的温室。但看到席尔巴特的"日月星辰的光不从窗中导入而从一切玻璃的壁面导入"的一句话，我便回忆对于温室的所感而憧憬于玻璃内的新环境。

记得有一次我被友人引导到某处的花园里的大温室中去看花。我对于温室这种特殊的建筑，比对于无数美丽的花兴起更深的赞叹。当时我正热衷于看星，每天晚上必挟了星宿盘，衔着兼充灯用的纸烟，到门外的空地上去看星。我想，假如我的房子同这温室一样，坐在房间内通夜可以看星，春夏秋冬四季都可看星。不但星而已，天界的风雨晦明等种种庄严伟大的现象，都可自由地完全地看见，而由此得到高深的启示，岂非我生的幸福。回想我的生涯中的种种愚痴、迷惘、苦恼、烦闷和悲哀的发生，都是为了热衷于世间而忘却了世外的缘故；都是为了注目于地上而忽视了天上的缘故，都是为了房屋的形式使我低头，把我笼闭，不许我常常亲近天界的伟大的现象而觉悟人世的虚妄藐小的缘故。地上的建筑真不合

丰子恺作品《都会之春》

试登高处眺望都市的光景,所见中国式的房屋都像棚,西洋式的房屋都像笼。

理：中国式的房屋两檐前遮后掩，加以高似青天的粉墙，所见的天只有一线。西洋式的房屋室内六面拦阻，加以重重的帷幕，所见的天只有一块。试登高处眺望都市的光景，所见中国式的房屋都像棚，西洋式的房屋都像笼。躲在棚下或在笼中的人，哪里得来生活的幸福？近世人道日薄，房屋的防御日坚，那些棚愈加遮掩得密，那些笼愈加拦阻得紧，住在里面，真像钻进洞里一般。钻在洞里的东西，哪里得来广大的智慧？以洞为环境的东西，哪里得来文化的向上？所以近世的人都低头而注目于地上，地上的生产，地上的物质。物质文明急速地进展，而置精神文明于不顾，这就算文化的向上么？物质文明急速地进展，现在已经达到玻璃建筑的地步。我希望住在玻璃建筑里的人抬起头来看日月星辰的光，而注意于精神的文明。我希望席尔巴特的话实现："这样的新环境必能给人一种新文化。"我希望西方极乐世界在现在地球上的西方。

廿一年（一九三二）十二月廿八日于江湾

# 深入民间的艺术

"艺术"这个名词,照目前的情状看,可有严格与泛格,或狭义与广义两种解释。严格地、狭义地说,艺术是人心所特有的一种美的感情的发现。而怎样叫作"美的感情",解释起来更为费事。这是超越利害的,超越理智的,无关心的。深究起来,其一部分关联于哲学,又一部分接近于禅理。这是富有先天的少数人之间的事业,不能要求其普及于一切人。这种艺术之理只能与知音者谈,不足为不知者道。然而世间知音者很少,这种艺术的被理解范围也就很狭窄。事实证明着:例如中国历代大画家的作品,能够充分懂得的有几人欤?中国历代的画论,能够充分理解的有几人欤?不必举这样高的例子,就是一般美术学生所习的那种水彩画、油画、铅笔画、木炭画,能够理解其好处的人,实在也很少。一般人都嫌它们画得太毛糙,画得不像,看见了摇头。你倘拿一幅印象派油画去展览在外国的所谓"俗众"之前,赞美的人一定极少。而这极少人之中,一定有部分是为了别的附带条件(例如看见它装个灿烂的金边,或者知道它是大名鼎鼎的人所描等)而盲从地赞美,又一部分人是为了要扮雅人而违心地赞美。富商的客堂里也挂几幅古画,吊几架油画。其实这些画对它们的主人大都是全不相识的。不仅绘画方面如此，别的艺术都同一情形。能欣赏高深的音乐、高深的文学的人，世间之大，有几人欤？不必举别的例，小小的一首进行曲，多数的中国人听了只觉得嘈杂。短短的一篇白话文，非知识阶级的人读了也不易理解作者的中心思想，常作种种误解或曲解。名为提倡大众文字的刊物，往往徒有其名，而实际仍为少数知识阶级交换意见之场所。故严格的"艺术"，根本是少数天才者之间的通用物，根本不能普及于万众。人类智愚之不齐，原同体力之强弱一样。体力强的足以举百钧，体力弱的不能缚鸡，都与先天有关，不可勉强。智愚也是如此，智者不学而能，愚者学亦不能，也都与先天有关，不可勉强。后天的锻炼可以使弱者加强，后天的教育可以使愚者加智。然也不过"加"些而已。定要加到什么程度，难乎其难。况且"艺术"这件东西，在一切精神事业中为最高深的一种。要它普及于万众，是犹勉强一切人举百钧，显然是不合理又不可能的事体。这种艺术，我称它为严格的、狭义的。

泛格地、广义地说，艺术就是技巧的东西。中国某种古书中，曾把医卜、星相、盆栽、着棋、茶道、酒道、幻术、戏法等统统归之于艺术。这"艺术"的定义显然与前者不同了。艺术家听见了这话，也会气杀几个。他们都认定艺术是前述的一种，是神圣不可侵犯的事业；"人生短，艺术长"，艺术比人生还可贵。然而征之事实，真可使艺术家气杀：现今我国的民间，生来不曾听见过"艺术"这个名词的人恐不止一大半。把"艺术"照某种古书认识着的人恐不止一小半（这样算起来，懂得艺术家的所谓"艺术"的人不到一小半，但实际恐怕还没有）。只要听一般人谈"艺术"，就可测知其对艺术的认识了。他们看见了漂亮的东西就说"艺术的"，看见了时髦的东西也说"艺术的"，看见了稀奇的东西又说"艺术的"，看见了摩登的东西更说"艺术的"。浅学无知的人以滥用"艺术"二字为时髦。商店广告以滥用"艺术"二字为新颖。在香艳的、爱情的、性欲的物品的广告上，常常冠着"艺术的"这个形容词。我还遇见一桩发笑的事：一位初面的青年绅士，看见我口上养着胡须，身上穿着旧衣，惊奇地说道："照你的样子，实在不像一位艺术家呢！"我没有话可以答他。但从他这句话里，明白地测知了他所见的"艺术"的意义。大概他看见我有许多关于艺术的著作，听见人们说我是艺术家，心目中以为我是何等"艺术的"人物。而他所谓"艺术的"，大概是漂亮、美貌、摩登之类的性状。因此看了我这般模样，觉得大失所望。我既不自命为艺术家，也不认定我这模样是"艺术的"，所以他这句话对我实在全无关系，只是向我表白了他自己对"艺术"的见解。这见解虽然可笑，但也不能说他完全错误。因为如上所述，在泛格的、广义的意义上，漂亮、美貌、摩登也被视为"艺术"的性状；不过这"艺术"是此不是彼而已。故照目前实情观察，多数肤浅的人所称为"艺术"的，是指漂亮、时髦、稀奇、摩登、美貌、新颖，甚至香艳、爱情、性欲的东西。总之，凡是足以惹他们的注意，悦他们的耳目感觉的，都被称为"艺术的"。这定义与前面所述的严格的艺术，相去甚远。不但少有共通的部分，有时竟然相反。譬如盲从流行，在严格的艺术的意义上看来是无独创性的、不美的，而在一般人就肯定它为艺术的。反之，文学绘画上的高深的杰作，在一般人就看不懂，不相信它是艺术。故现代盛倡"大众艺术"，倘使要实行的话，只有两条路可走：不是提高大众的理解力，就是降低艺术的程度。要提高大众的艺术理解力，倘从单方面着手，如前所喻，犹之勉强一切人举百钧，显然是不可能之事。要降低艺术的程度，倘也从单方面下手，势必使艺术成为上述的那种浅薄的东西，也不是关心文化的人所愿意的。唱折中说者曰：从双方着手，大众的理解力相当地提高些，同时艺术的程度也相当地降低些，互相将就，庶几产生普遍人群的大众艺术。这话在理论上是很可听的。但在事实上如何提高，如何降低，实在是一大问题。而关于这问题的具体的讨论，也难得听见。所听得见的，只是"大众艺术"的呼声甚嚣尘上而已。

我现在也不能在这里做具体的讨论。因为我自己的艺术趣味，是倾向严格的一种的；而对于一般群众少有接近的机会，所见的不过表面的情形，未能深解群众的心理。纸上谈兵，无补于事实。故关于这问题的具体讨论，应交给理解艺术而又理解群众的人。我现在所要谈的，只是从表面观察，讨论现在的民众所能理解的是甚样的一种艺术，现在的民众所最接近的是哪几种艺术，以供提倡民众艺术者的参考。

第一，现在的民众所能理解的是甚样的一种艺术？可用比喻说起：高深纯正的艺术，好比是食物中的米麦。这里面有丰富的滋养料，又有深长的美味。然而多数的人，难能感得这种深长的美味。他们所认为美味的，是河豚。河豚的美味浅显而剧烈，腥臭而异样，正好像现在一般人所认为美的"艺术"。这种美味含有危险性，于人生是无益而有害的。然而它有一种强大的引诱力，能使多数人异口同声地赞它味美。倘要劝他们舍去这种美味而细辨米麦中的深长的滋味，是不可能的。奖励他们多吃这种美味，又是不应该的。于是想出补救的办法来，从米麦中提取精华，制成一种味精。把味精和入别的各种食物里，使各种食物都增加美味。这样，求美味者不必一定要找河豚，各种有益的食物都可借此美味之引导而容易下咽了。在目前，易受大众理解的艺术，就好比这种味精。在各种生活中加些从纯正的美中摄取出来的美的元素，生活就利于展进了。有一个值得告诉群众的思想，必须加了美的形式（言词），然后可成为文学作品，使群众乐于阅读。有一种值得教群众看的现象，必须加了美的形式（形状色彩），然后可成为美术作品，使群众乐于鉴赏。群众所要求的美，不是纯粹的美，而是美的加味。群众所能接受的，不是纯文学、纯美术，而是含有实用性质的艺术。陶情适性的美文，大家不易看懂；应用这种美文的技法来写一篇宣传人道的小说，大家就乐于阅读。笔情墨趣的竹石画，大家也不易看出它的好处；应用这种绘画技法的原理来作一幅提倡爱国的传单画（poster），大家也就易于注目。总之，现在所谓群众的艺术，极少有独立的艺术品，而大多数是利用艺术为别种目的的手段，即以艺术为加味的。民间并非绝对不容独立艺术品的存在。但在物质生活不安定的环境里，独立的艺术品没有其存在的余地，是彰明的事实。语云："衣食足然后知礼义。"现在不妨把这句话改换两字，说："衣食足然后知艺术。"独立的艺术，在根本上含有富贵性质、太平气象，是幸福的象征，根本不是衣食不足的不幸的环境中所能存在的。衣食不足的环境中倘使要有艺术，只能有当作别种目的的手段的艺术，当作别物的加味的艺术。现在的民众所能理解的，也只有这种艺术。

其次，民众所最接近的是哪几种艺术？据我观察，最深入民间的只有两种艺术，一是新年里市镇上到处贩卖着的"花纸儿"，一是春间乡村到处开演着的"戏文"。一切艺术之中，没有比这两种风行得更普遍了。所谓"花纸儿"，原是一种复制的绘画，大小近乎半张报纸，用五彩印刷，鲜艳夺目。其内容，老式的有三百六十行、马浪荡、二十四孝、十稀奇，以及各种戏文的某一幕的光景等。新出的有淞沪战争、新生活运动等。卖价甚廉，每张不过数铜元。每逢阴历新年，无论哪个穷乡僻壤，总有这种花纸儿伴着了脸具、大刀等玩具而陈列在杂货店里或耍货摊上。无论哪个农工人家，只要过年不挨冻饿，年初一出街总要买一两张回去，贴在壁上，作为新年的装饰。在黄泥、枯草、茅檐、败壁、褐衣、黄脸的环境中，这几张五彩鲜艳夺目的花纸儿真可使其蓬荜生辉、喜气盈门呢！他们郑重其事地把这两张花纸儿贴在壁上欣赏，老幼人人，笑口皆开。又不止看了一新年就罢。这样贴着，一直要看到一年。每逢休日、工毕，或饭余酒后，几个老者会对着某张花纸儿手指口讲，把其中的故事讲给少年们听，叙述中还夹着议论，借此表示他的人生观。每逢新年，壁上新添一两张花纸儿，家庭的闲说中新添一两种题材。这些花纸儿一年四季贴在壁上，其形象、色彩、意义，在农家的人的脑际打着极深的印象。农家子的教育、修养、娱乐的工具，都包括在这几张花纸儿里头了。其次，戏文也是最深入民间的一种艺术。无论哪一处小村落的人民，都有看戏文的机会。他们的戏文当然不及都会里的戏馆里所演的讲究，大都很草率：戏台附在庙里，或者临时借了木头和板，在空场上搭起来。看客没得座位，大家站在台前草地上观看。即使有几个座位，也是自己家里带来的凳子，用碎砖头填平了脚而摆在草地上的。他们的戏班子远不及都会的戏馆里的那么出色，称为"江湖班"，大都是一队演员坐了一只船，摇来摇去，在各码头各乡村兜揽生意的。他们的行头远不及都会的戏馆里那么讲究，大是几件旧衣、几幅旧背景，甚或没有背景。他们的演员远不及都会的戏馆里那么漂亮，都颜色憔悴、面目可憎。假如你搭在台边上"看吊台戏"，可以看见花旦的嘴上长着一两分长的胡须呢。然而乡下人对于这样的戏文很满足了。一年之中，难得开演几回。像我们乡下，每年只有新年和清明两时节有开演的机会。倘遇荒年，新年和清明也得寂寞地送过。每次开演，看客不止一村，邻近二三十里内的人大家来看。老人女人坐了船来看，少年人跑来看，"看戏文去！""看戏文去！"他们的兴趣很高，真是"千日辛勤一日欢"！他们的态度很堂皇，大家认为这是正当的娱乐。在他们的心目中，似乎戏文是世间应有的东西，而人生必须看戏文。故乡间即使有极顽固的老人，也从来不反对戏文为赘余；即使有极勤俭的好人，也从来不反对戏文为奢侈。不，村中若有不

花纸儿与戏文,是我们民间最普遍流行的两种艺术。

丰子恺作品《江西采茶戏》

要看戏文的人，将反被老人视为顽固，反被好人视为暴弃呢。戏文的深入民间，于此可知。

故花纸儿与戏文，是我们民间最普遍流行的两种艺术。一切艺术之中，无如此两者之深入民间的了。都会里有戏馆，有公园，有影戏场，有博物馆，有教育馆，有讲演会，有展览会，有音乐会，有博览会，有收音机，还有种种出版物；但这些建设都只限于都会里的少数人享用，小市镇里的占有大半，小市镇占有小半，都市只有少数的几个。故都市里的种种艺术建设，仅为极小部分人的福利，与大多数人没有关系。都市里出版物里热心地讨论民众艺术（本文亦是其一），亦只是都会里的少数人的闭门造车，与多数的民众全然没有关系，他们也全然没有得知。他们所关心的、所得知的艺术，仍还是历代传沿下来的花纸儿和戏文两种。关心文化的人，注意农村教育的人，热忱地希望把文化灌输到农村去。但是，各种的阻碍挡住在前，他们的希望何时可以实行，遥遥无期。倘能因势利导，借这两种现成的民间艺术为宣传文化的进路，把目前中国民众所应有的精神由此灌输进去，或者能收益甚大亦未可知。例如：改革旧有的花纸儿的内容题材，删除了马浪荡、十稀奇之类的无聊的东西，易以灌输时事知识，鼓励民族精神的题材。检点旧有的戏文，删除或修改《火烧红莲寺》《狸猫换太子》等神怪荒唐的东西，奖励或新编含有教化性质的戏剧。倘能实行，一张花纸儿或一出戏文的效果，可比一册出版物伟大得多呢。

惯于欣赏纯正艺术的人看见农民们爱看花纸儿,以为他们的欢乐,在于欣赏"花纸儿"这种绘画。其实完全不然,他们何尝是在欣赏绘画的形状、线条、色彩的美味?他们所欣赏的主要物是花纸儿所表出的内容意味——忠、孝、节、义等情节。花纸儿的灿烂的形象和色彩,只是使这种情节容易被欣赏的一种助力,换言之,即一种美的加味而已。农民哪里有鉴赏纯正美术的眼光?他们的欢喜看花纸儿,不过因为那种形象色彩牵惹他们的眼睛,使他们的视觉发生快感,因而被骗地理解了花纸儿的故事内容。同理,他们爱看戏文,其趣味的中心也不在于戏文的形式,而在于戏文的内容。这只要听他们看戏后的谈论就可明白。大团圆的戏剧最能大快人心,是他们所感兴味最浓的题材。忠、孝、节、义的葛藤,也是传统思想极牢固的农民们所最关心的题材。怪力乱神以及迷信的故事,又是无知的农民们所爱谈的话儿。他们不看旧小说,也不看戏考,但他们都懂得戏情。他们的戏剧知识都是由老者讲给少者听,历代传授下来的。夏日,冬夜,岁时伏腊的时节,农家闲话的题材,大部分是戏情。虽三尺童子,也会知道《天水关》是诸葛亮收姜维,《文昭关》是伍子胥过昭关。倘使戏剧没有了内容故事,只是唱工与做工,像现在都会里的舞蹈一般,我想农民们兴味一定大减。由此可知戏剧的唱工、做工与行头,在农民们看来只是一种附饰,即前面所说的美的加味。可知现在的民间,尚不能有唯美的纯艺术的存在。民间所能存在的艺术,只是以美为别的目的的一种艺术,即以美为加味的一种艺术。在这种艺术中,美虽然是一种附饰、一种手段、一种加味,但其效用很大。设想除去了这种加味,花纸儿缺了绘画的表现，戏文缺了唱工做工的表现，就都变成枯燥的故事，不足以惹起人们的注意与兴味了。

故深入民间的艺术，不是严格的，是泛格的；不是狭义的，是广义的；不是纯正的，是附饰的；不是超然的，是带实用性的。灌输知识，宣传教化，改良生活，鼓励民族精神，皆可利用艺术为推进的助力。

二十五年（一九三六）三月二十六日作，曾载于《新中华》

## 工艺用品与美感

我在永安公司楼上看见过一种象牙雕的裸体女子,大概雕的人不是像外国雕刻家习过人体木炭写生,研究过艺用解剖学的,故雕得很难看:只是把乳房、腹部、臀部作得肥胖胖,姿势的权衡、身体各部的尺寸、筋肉凹凸的表现,全然乖误,狞恶而没有人相,看了不但要"作三日呕",而且怕得很。

我在无锡——以产泥人形著名的无锡——看见过泥做的叫花子、鸦片鬼,做得非常逼真。蓬蓬的发,青面獠牙的脸,伛偻的腰,使人见了毛骨悚然,不敢逼近去看。

我在上海城隍庙看见过嵌出A、B、C、D等外国字母的景泰窑的瓶、匣。字母是没有意义的,而且有几个左右反转像镜子里所见的,不知是B或K,已经记不清楚,但我可觉得它不是俄文(俄文中有几个字母是英文字母反转的)。看了觉得很好的景泰窑的质料,为什么要这样无聊地像乡下姑娘绣鞋抄美孚牌煤油箱上的字母来做装饰?真是可惜得很!

我又在上海的大银楼里看见过银制的黄包车、轿子、船、洋房，纤细得很，周到得很。工夫一定很费，卖给惊叹其细巧而贪爱其为银的太太们，也一定很值钱。所惜不过是一味的徒然的纤巧，大体全然不玲珑，人物尤其无神气。

看到这等东西，常常使我不快：想象假如有一个店主拉住我，硬要送我一件，我一定不受。

考察上述四种东西的制造者、购买者的心理，可知象牙裸女是模仿西洋的皮毛，或是取其色情的。叫花子与鸦片鬼由于丑恶的、残忍的好奇心。洋字的瓶与匣是幼稚的恶俗的趣味。银黄包车出于盲目的弄富的心理。在我们所日常接触的工艺品、实用品中，这类的东西还有不少，又大概是出于这一类的心理的。这种心理，明明是全然与"美感"无关系的。所以我想，看了觉得不快的，一定不止我一人。

所以我们张开眼来，周围的物品难得有一件能给我们的眼以快感，给我们的精神以慰乐。因为它们都没有"趣味"，没有"美感"；它们的效用，至多是适于"实用"，与我们的精神不发生交涉。

人类自从发现了"美"的一种东西以来，就对于事物要求适于"实用"，同时又必要求有"趣味"了。讲究实质以外，又要讲究形式。所以用面包与肉来果腹，同时又要它们包成圆形而有花样的馒头；用棉来蔽体，同时又要制成有格式的衣服；要场所来栖宿，同时又要造成有式样的房屋。

所以在美欲发达的社会里，装潢术、图案术、广告术等，必同其他关于实用的方面的工技一样注重。在人们的心理上，"趣味"也必成了一种必要不可缺的要求。从饮食上，也可证明这是事实：据实验过的人说，方糖比白糖不甜，在糖中，要算焦黄而夹杂草叶的次白糖最甜。但我们看见方糖先自整整地陈列在盆子内，自己用瓢舀起来，放下去，看它像白衣人跳在黑海里地没入咖啡中，自己调匀来吃，滋味比放次白糖一定好得多。其实所用的"甜"原来一样，也许不及一点，但感觉此的趣味是好得多了。丁香萝卜[1]其实并不好吃，但切成片子，橙黄而圆圆地浮在第一盆菜的soup（汤）中，滋味自然好起来。巧克力用了五色而有光的锡包纸，滋味也好一点。苹果的滋味，是暗中借重于其深红嫩绿的外皮的。荔枝的滋味，也是暗中借重于其玉洁冰清的肉色的。

优良的工艺品、实用品，也是于实用以外伴着趣味，即伴着美感的。而那四种物品，给我的印象只是下劣而散漫无理。记得五六年前我刚从日本回来的时候，常常欢喜跑到虹口的日本店里去买日本的"敷岛"香烟、五德糊，甚至鸡毛帚不要用，而用日本的"尘

---

1　丁香萝卜，作者家乡话，即胡萝卜。

流光容易把人抛红了樱桃绿了芭蕉

丰子恺作品
《流光容易把人抛》

水果的滋味,是暗中借重于其美丽的外表的。

拂"，筷子不要用而用日本的消毒割箸[1]，礼拜日还常常去吃"天麸罗荞麦"，房间里又设日本人用的火钵。为的是：日本的一切东西普遍地具有一种风味，在其装潢形式之中暗示着一种精神。这风味与精神虽然原是日本风味与日本精神，无论是小气，还是浮薄，总有一个系统，可以安顿我的精神。回顾向来用惯的我国的物品，有一部分是西洋的产物，一部分是东洋的产物，又有一部分是外国人迎合中国人心理而为中国人特制的，又有一部分是中国人模仿外国的皮毛而自制的，还有一部分是中国旧有而沿用至今的东西，混合而成。混合并非一定不好。混合中也许可以寻出多方的趣味。可惜我们的只是"混乱"，是迎合、模仿、卑劣，和守旧的混乱的状态，象征着愚昧、顽固等种种心理。

其实我们的工艺实用品，有许多是很可惜的。大好的材料，为了形状与式样而损失其价值。原来物品的得用与否，不仅是质（材料）的问题，而更是形（做法）的问题。我看见有一种瓷器时，常常感到：只要作者于未入窑时在某一部分一捺，或增减一点，就立刻变成良好的物品了。这是全不费工本的一回事。又常常感到：如果作者能省去某一部分的细工或绘图，也就立刻好看了。这更是所谓"出力不讨好"的事。景泰窑、江西瓷、象牙、白铜，是何等好的材料！只要改良其形状、色彩、图案等制造方法，工艺实用品就进步了。这正如做菜一样：高明的厨司与低劣的厨司，所

---

[1] 来自日语，即今日所用一次性方便筷。

用的材料同是鱼、肉、盐、油等，同样用锅，同样用火，只是分量的分配、下锅的久暂等做法不同而已。

优良的工艺品，是"实用"与"趣味"两种条件都满足的。例如外国的牛奶壶，口上长出一个荷花边形的缺口，倒起来很利便，柄的弯度适合手指的位置，拿起来又自然；长身细腰的形又好看，真是进步的工艺品。又如外国的剪刀，插指的两洞孔高低不齐，适合大指与食指及中指的位置，而每个洞孔内，又依手指的方向而作角度不同的剖面，手指套在洞孔内感到舒服。一方面参差的形，变化的线与面，又非常好看，这也可说是优良的实用品的实例。还有一种纸盒子或烟匣子，长方形而扁薄，弯成瓦形。弯弯的曲线既好看，开开来的形象更加美观（像第一图），放在衣袋中又适合身体的弯度，贴切而爽快，也是好的工艺品。因为形式的美观、实用的便利，在这种用品上两全了。偏于实用的，固然粗俗，偏于趣味的，有时也有空虚无实的感觉。例如法国产的酒瓶，形状颜色的优美，自然使人满足，然而一则过于求形状的秀长，瓶底太小，颇不稳当，二则瓶的容量究竟太小，实用上总觉得不便。这也许因为我的酒量比这壶的容量大的缘故。在巴黎的美人，或高贵的人，没有感到这一点，也未可知。我们这里人家爱用像第二图乙的全无装饰的冬瓜似的红泥瓶，用以盛酱油或酒，取其容量大而价钱巧。这两种酒瓶，可说是趣味与实用的两极端。

优良的工艺品，不但要讲究形式，又要讲究材料。同材料的

日常之美

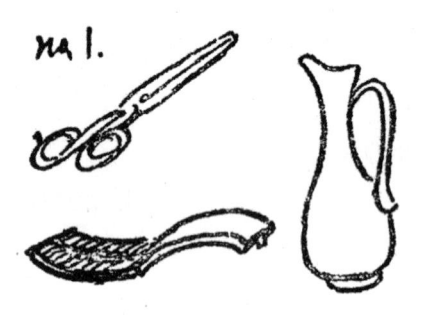

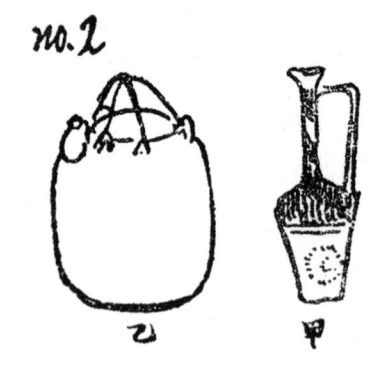

no 1.

no.2

乙　甲

物品，固然可因形状色彩的形式的美丑而分高下，所以说改良工艺品不是材料的问题，是制造方法的问题。但仅就材料而论，材料对于实用与趣味也很有关系。景泰窑、象牙、金、银，原是贵重的材料，但并非无论何物用这等为材料都好。景泰窑宜做瓶，象牙、金、银宜做装饰品。景泰窑的碗（上海城隍庙所见）、象牙的筷、银的痰盂（上海各银楼所见），材料不适当而又无理。材料绝不是只要贵重就好的。镍制的瓢、木制的日本筷、洋瓷[1]制的面盆，材料虽平常，然因适当，故用时有快适之感。流行的贵重品大理石桌面，总有不自然的感觉。木制物倘只知加漆为贵重，为讲究，有时反要损失材料的趣味。例如栗木，本色是很好看的，加漆反而俗气。本色的铅笔杆，我常常觉得色泽既沉静质朴，拿起来的感觉又快适，远胜于加漆的杆。于是我想起了对于日常接触的几种实用品的印象，现在把对此所发生的种种感想与意见一并写在下面。

近来社会上流行的实用品中，往往用一种投机的名目。例如"国耻""五卅""中山"等字，既普遍地被用作商店学校的名称，又普遍地被用作各种实用品上的装饰。有国耻牌香烟，有五卅牌毛巾。又有中山牌表、中山牌香烟、中山布、中山鞋。在实用品的装饰中寓一种劝励的意义，或纪念的意义，本来是可以的。但过于生硬而不自然，就徒然引起人的恶感。商人过于热心于商品的销路，

---

1 洋瓷，指搪瓷。

越明显越好，越大越好地在物品上制上"五月九日国耻纪念"[1]"毋忘国耻"的隶书的大字，或印上孙中山先生的照相。例如有一种毛巾，下端印着洋钱大的"凡我同胞，毋忘五九"八个大红字，明了是明了的，到底很不雅观。无论它质地何等坚牢精致，我实在为了这装饰的不美观而不愿购用。我在小市镇的江湾的洋货店里，发现一条在下端有一条很细的红线的毛巾，质料并不良好，但我为了这一条细红线的趣致而购用了。觉得比前者好看得多。

拿一个很大而圆形的中山先生的相片镶在表中商标的地位，也似乎有同样不自然的感觉。洋钱上原也有很大的袁世凯肖像，但那是浮雕，占有洋钱的全面，作为洋钱的全部的装饰，而且那洋钱是袁大总统治世的货币，自然意义与形式都相宜。表，在意义上与孙中山先生并无关系，就是要在天天出入怀中的表上告示人以纪念伟人，这样率然地在十点钟的罗马字上镶一个平常的铜板相片，明白是明白了，形式到底不必观。用无色的浮雕，或用在背面，岂不更适当一点呢？我在市中看见了中山表那一天，回家后想起钟表的时辰盘何不改为种种的图案呢？就拿油画笔把壁上的挂钟的时辰盘上的罗马字用油画颜料涂杀，画作一枝杨柳树，又在两个针头上黏附黑纸剪成的两只燕子，由燕子飞的方向的角度辨识时间。油画颜料

---

[1] 1915年5月9日，中华民国第一任大总统袁世凯被迫与日本签订了丧权辱国的"二十一条"。之后，全国教育联合会决定，各学校每年以5月9日为"国耻纪念日"举行纪念，借此警励国人毋忘此日，誓雪国耻。

一干是拿不脱的,现在我还在用这奇怪的钟。

香烟匣的图案,种类很多,倒是很丰富的一个话题。香烟匣图案中,好看的很多,难看的也很多,但不知什么关系,红屋牌香烟最讨我的嫌恶。红屋牌香烟英名为old mill,照字面上讲起来是"老的磨车"的意思,匣面上也画着一个水转的磨车。但不知为什么中国人译作"红屋"。就匣面看,是一幅写生画式的彩色的风景画,中景是一座屋,屋上略有几点红色,旁边一架水车,近景是河、草地、树木,远景是丛林及夕阳时候似的红光的天空。天空中就是"old mill"的双线的大红字。所以译作"红屋",想来是为了屋上有几点红的关系吧。这名称既然奇怪,而用写生画式的风景画作为匣面装饰,更是幼稚的、拙劣的办法。况且这幅风景,画得又最恶俗,碧蓝的水,青葱的草地与树叶,并行线式的天空的红云,鸦嘴笔画的建筑物上的直线,画趣全然幼稚而恶俗。我疑是美国人迎合中国人的下劣的嗜好而作的。又红屋的匣边上,用红黄黑三种颜色,非常不调和,也是使人起不快之感的。原来实用品上的装饰,就是要用风景,也须改作图案风的画法,方才有"装饰"的趣味,把原样的一幅写生风景缩印在上面,而且占着匣面全部,无论如何不会好看的。与红屋牌同样办法的,还有前门牌、长城牌、天桥牌[Capital(首都),这译法我也不懂]等。其中前门牌很好看,比较起来差得远了。因为所画的前门,是有一点图案风的,不是全然的写生风,又围在圆形的额内,后面衬着鼠色柔静的背景。长城牌呢,画法虽也是写生风的,但外面有阔的边,不像红屋的只用一条细的黑线，又内部下方全是山，上方全是天，风景本身已带一点图案的风味，所以比红屋好看一点。至于天桥牌，恶俗同红屋一样，唯不像红屋的散漫乱杂，又不像红屋的占有全面，而用圆额，就是这点较胜。匣旁边的回文角，背面的金八结[1]商标衬着红地，倒有一种中国风的华丽浓厚的趣味。现在流行着的香烟，我虽然没有统计，想来总不下数十种。因为我吸的是中下等的香烟，故对于阔客吸的最上等的及黄包车夫吸的最下等的未曾注意到，只就自己的阶级里的说说。前天我在烟店里一选，发现还有许多比红屋更不好看的香烟，其中的代表者"五蝶牌"，这图案的特色，是所用的色，计有蓝、黑、赭、墨绿、白、黄、橙、紫、粉红、深蓝九种之多。一种原始的散漫的华丽，颇足以引惹欢喜穿大红大绿的未开化人的兴味。

在这阶级里我所觉得好的香烟，是仙女牌与联珠牌。仙女牌英名为Victory（胜利），名义虽然也译得奇怪，但不问英字意义，假定图中的女子为仙女，似比红屋、天桥近理一点。匣的周围用褐色的阔边，坐着的女子取Michelangelo（米开朗琪罗）作的建筑雕刻式的位置。右手持武器似的杆，左手持红黄蓝白黑的盾，又像希腊古代雕刻的雅典女神的姿势。后面用淡红的太阳及日光为背景，全体总算端整稳定，形式上，色彩少有可非难的点。联珠牌用的是金、紫、碧、白四色，也觉得优雅秀丽。方格中装一个椭圆形，以联

---

[1] 八结是一种图案纹。有一种用于拍被褥上灰尘的藤拍就是八结纹的。

珠作边,线的配置也不坏。我已经有五六年欢喜吸这两种香烟了,总觉不愿意吸别的。因为同阶级中的别的香烟,烟丝也许有比这等更好的,但竟找不出比这两者更好看的图案来。好看的烟匣从衣袋里摸出来时,且不说烟味,其样子已经给我们的眼以一种慰安了。幸而仙女及联珠的烟丝也不坏,朋友中同意于我的意见而吸这两种的人也很多。

因为谈香烟,附带地想起了火柴。火柴的匣面图案,也有各式各样,我没有仔细留意,一时不能详说。只记得看见过一种新出的叫作"桑女牌"的,恶劣得很。中国出的火柴,几乎没有一种好的匣面图案。比来比去,还是老式的"燮昌"牌红头火柴,匣上是一色画的姜太公钓鱼图,耐看一点,因为它总算是纯粹的中国画式的,没有那种不中不西的恶味。

关于茶杯,有形式与图案两方面的批评。日本式的,形状简单,图案质朴,也自有一种日本风味。西洋式的,形状与图案均简单,也自有一种西洋风。而中国旧式的,形状玲珑复杂,图案华丽而工细,也自有一种中国风。还有是中国制新式的,或日本替中国制的,或取复杂的曲线形,鲜艳而幼稚的图案,或绘细致的风景。这种茶杯现在很流行,价钱也很便宜。其实趣味反不及质料粗陋的所谓"江北碗"好。江北碗,每个只值几个铜板,黄褐色的糙瓷,口上绘蓝色的几笔花叶,形与图案均古朴可喜,不过质料粗一点。中国新式的瓷器中,不止茶杯,凡壶、瓶、碗、盆中,有不少的幼稚而可嫌的东西，可嫌的点，就在形的一味好奇，色与花纹的一味好华丽，金、红的滥用。其例不胜枚举。比较之后，使我在粗陋的所谓江北货中发现了许多好的古朴可喜的器具。江北碗，我记得以前曾向一家做丧事人家的茶担上转买四个，每只铜圆五枚，我曾陈列在书架上，经许多朋友欣赏过。后来，又在西门一个旧货摊上以六个铜板买了同样质料的一个瓶，颜色上半是暗黄，下半是殷红，真是陈列或静物写生的好材料。在新式的细洁的瓷器中，从未见过这样好的形式。茶壶之中，不是奇形而奇色，就是只顾实用。

玩具有欢喜"逼真"的恶习。故多数的玩具，是照真的物件缩小的。小洋房、小大菜桌、小黄包车……都是小型而逼真的玩具。近来这种办法甚至应用到人身上：七八十来岁的女孩，竟给她像母亲一样地穿小裙、小女衫，梳小头，装成一个奇形的小太太，使人对于这女孩子不敢接近。

最恶劣的，无过于近来在上海流行的，贺开张用的画框了。试入新开的商店内，必可看见环壁是这类的画框。写出或用小块镜子玻璃填出"长发其祥""财源茂盛"一类的字，旁边是大红大绿及金银色的花纹，好像戏文里的袍或幔上的花纹，而更加散漫乱杂。总之，是盲目的一味贪好华丽浓厚，使五光十色，炫耀人目而止，毫无一点"美"的影踪。

不良的工艺品、实用品，逐日的产出，大批的销路，可见一定是有人欢喜而购买的。这原是国民美育程度的根本问题，但从工艺品促进改良上促进国民的美育，以工艺品改良为艺术教育的一端，也是可能的事。十九世纪末的英国与德国的艺术教育运动，便是发轫于工艺品改良的。英国为了其工艺的出品在巴黎大博览会遭失败而提倡艺术教育，德国为了其工艺的出品在一八五一年的伦敦大博览会遭失败而开艺术教育大会。我国艺术专门学校已经林立，而独无人注意于工艺品的改良，坐使商人利用民众的幼稚的鉴赏力的弱点，而源源地产出恶劣的物品，不可谓非艺术教育者对于社会方面的疏忽。

一九二六年十一月八日

# 艺术三昧[1]

有一次我看到吴昌硕写的一方字,觉得单看各笔画,并不好。单看各个字、各行字,也并不好。然而看这方字的全体,就觉得有一种说不出的好处。单看时觉得不好的地方,全体看时都变好,非此反不美了。

原来艺术品的这幅字,不是笔笔、字字、行行的集合,而是一个融合不可分解的全体。各笔各字各行,对于全体都是有机的,即为全体的一员。字的或大或小,或偏或正,或肥或瘦,或浓或淡,或刚或柔,都是全体构成上的必要,绝不是偶然的。即都是为全体而然,不是为个体自己而然的。于是我想象:假如有绝对完善的艺术品的字,必在任何一字或一笔里已经表出全体的倾向。如果把任何一字或一笔改变一个样子,全体也非统统改变不可;又如把任何一字或一笔除去,全体就不成立。换言之,在一笔中已经表出全体,在一笔中可以看出全体,而全体只是一个个体。

---

[1] 本文曾载于1927年8月10日《小说月报》第18卷第8号。

所以单看一笔一字或一行，自然不行。这是伟大的艺术的特点。在绘画也是如此。中国画论中所谓"气韵生动"，就是这个意思。西洋印象画派的持论："以前的西洋画都只是集许多幅小画而成一幅大画，毫无生气。艺术的绘画，非画面浑然融合不可。"在这点上想来，印象派的创生确是西洋绘画的进步。

这是一个不可思议的艺术的三昧境。在一点里可以窥见全体，而在全体中只见一个体。所谓"一有多种，二无两般"（《碧岩录》）就是这个意思吧！这道理看似矛盾又玄妙，其实是艺术的一般的特色，美学上的所谓"多样的统一"，很可明了地解释其意义：譬如有三只苹果，水果摊上的人把它们规则地并列起来，就是"统一"。只有统一是板滞的，是死的。小孩子把它们触乱，东西滚开，就是"多样"。只有多样是散漫的，是乱的。最后来了一个画家，要写生它们，给它们安排成一个可以入画的美的位置——两个靠拢在后方一边，余一个稍离开在前方——望去恰好的时候，就是所谓"多样的统一"，是美的。要统一，又要多样；要规则，又要不规则；要不规则的规则，规则的不规则；要一中有多，多中有一。这是艺术的三昧境！

宇宙是一大艺术。人何以只知鉴赏书画的小艺术，而不知鉴赏宇宙的大艺术呢？人何以不拿看书画的眼来看宇宙呢？如果拿看书画的眼来看宇宙，必可发现更大的三昧境。宇宙是一个浑然融合的全体，万象都是这全体的多样而统一的诸相。在万象的一点中，必

迎春爆竹响千家
共祝新春百物华
五谷丰登蔬果熟
枣如瓜瓜如车
辛丑春节 子恺并题

丰子恺作品
《迎春爆竹响千家》

"多样的统一",是美的。要统一,又要多样;要规则,又要不规则;规则的规则,规则的不规则;要一中有多,多中有一。这是艺术的三昧境。

可窥见宇宙的全体；而森罗的万象，只是一个个体。勃雷克[1]的"一粒沙里见世界"，孟子的"万物皆备于我"，就是当作一大艺术而看宇宙的吧！艺术的字画中，没有可以独立存在的一笔，即宇宙间没有可以独立存在的事物。倘不为全体，各个体尽是虚幻而无意义了。那么这个"我"怎样呢？自然不是独立存在的小我，应该融入于宇宙全体的大我中，以造成这一大艺术。

---

1　原文译为勃雷克（William Blake，1757—1827）。英国浪漫主义诗人、版画家。著有诗集《纯真之歌》《经验之歌》等。"一粒沙里见世界"引自他的名诗《天真的预言》。

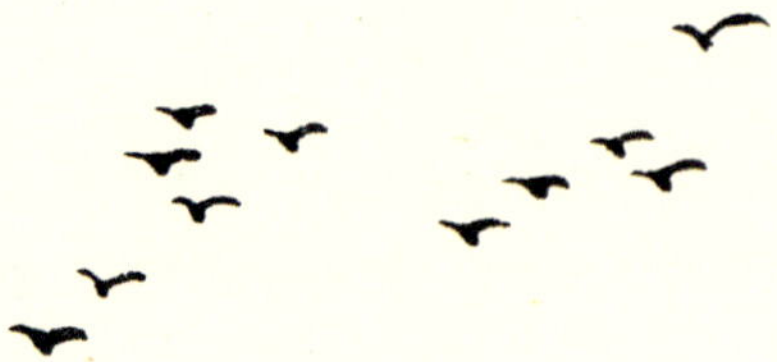

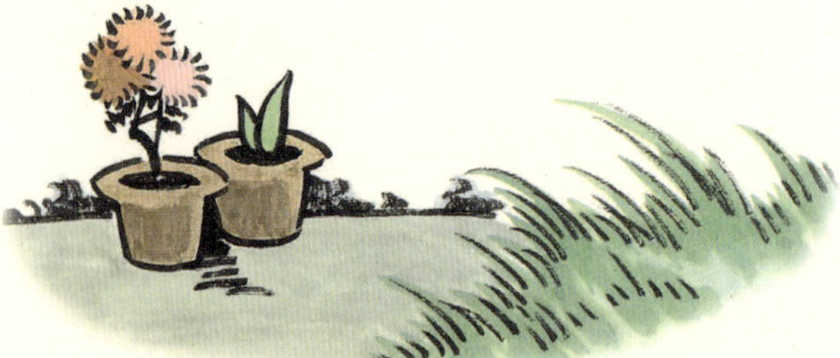

少年音乐故事 — 叁

# 晚餐的转调[1]

晚餐时发生异样的感觉。

过去的半年中，姐姐常在城里的中学校里做住宿生，家里的食桌上总是爸爸姆妈和我三人。我吃饭时左顾右盼，一定看见姆妈的和悦的脸孔和爸爸的笑颜，半年来已经看得很惯了。今晚坐到食桌上，抬头一看，光景忽然异样：姆妈的脸孔忽然不见，却出现了姐姐的齐整而饱满的面庞。原来今天学校开始放寒假，但姐姐于下午从学校回来而姆妈被隔壁三娘娘家邀去吃对亲酒[2]了。因此晚餐桌上的光景忽然一变，使我发生异样的感觉。

感觉上有什么异样？说也说不清楚。但觉得以前的座上比现在热闹，因为爸爸姆妈两个大人都在座，而且姆妈是欢喜说笑的。又

---

[1] 本文曾载于1937年1月25日《新少年》第3卷第2期，与本章内《翡翠笛》《巷中的美音》《外国姨母》《芒种的歌》等文均选自前述"少年音乐故事"。
[2] 即订婚酒。

觉得现在的座上比以前更幽静，因为我和姐姐都是小孩，而且姐姐向来是温和沉静的。我不期地把这感觉说了出来："少了一个姆妈，多了一个姐姐，我觉得今天的晚餐很异样。"

姐姐接着说："长调（大调）转了短调（小调），感觉当然异样了。"

我忽然忆起了阳历年假中的比喻："爸爸是do，姆妈是sol，姐姐是la，我是mi。"姐姐说"长调转了短调"，一定和这话有关。照这比喻说，以前的晚餐座上的三人是do、mi、sol，现在的晚餐座上的三人是la、do、mi。长调和短调的分别，一定在这上面了。我就问姐姐："你说长调变了短调，就是说do、mi、sol变了la、do、mi么？我们的先生也讲过，可是我还分不清楚。为什么do、mi、sol是长调，la、do、mi是短调，你现在能简明地告诉我么？姐姐！"

姐姐在爸爸面前很谦虚，侧着头笑道："我也不大讲得清楚，但知道常用do、mi、sol三字的是长调的乐曲，常用la、do、mi三字的是短调的乐曲。为什么叫作长调短调？你问爸爸吧。"

爸爸不等我发问，笑着说道："你们把我比作do，把你姆妈比作sol，把你们两人比作la和mi，倒是很确切而有趣的比喻！音阶中有七个音，那么还有三个音用什么比方呢？"

我和姐姐一同抢着说："徐妈是fa，阿四是re，管门的王老公公是si！我们是音乐的家庭！"

爸爸听了，笑得几乎喷饭。我就再问："为什么do、mi、sol是长调，la、do、mi是短调？"

爸爸说："do、re、mi、fa、sol、la、si叫作长音阶（大音阶），用长音阶作曲的乐曲叫作长调乐曲；la、si、do、re、mi、fa、sol叫作短音阶（小音阶），用短音阶作曲的乐曲叫作短调乐曲。一个音乐里最常用的，是第一、第三、第五的三个音。所以do、mi、sol是长音阶中最常用的音，可以代表长调；la、do、mi是短音阶中最常用的音，可以代表短调。你吃完了饭可以试唱一遍看：唱do、mi、sol、do（把第一音重复），感觉热闹而力强，正像你姆妈在家时一样，唱la、do、mi、la，感觉幽静而柔弱，正像你姆妈换了你姐姐一样。"

我不等吃完饭，就唱起来："do—mi—sol—do—""la—do—mi—la—"真奇怪，前者感觉得阳气腾腾的热闹，后者感觉得阴风惨惨的沉静。后者所不同者，就是sol字换了la字，姆妈换了姐姐。我忽然想出一种解说，自言自语地说道："嗄！我知道了：姆妈的身体比姐姐长，所以有姆妈的叫作长音阶，有姐姐的叫作短音阶。"爸爸和姐姐听了都笑起来。我自己想想也觉得好笑。接着我就问："不然，为什么用长短两字来分别呢？"

爸爸正在赶紧地吃饭，暂时不响。姐姐怀疑似的轻轻说道："这是长三度（大三度）和短三度（小三度）的区别吧？"说着看爸爸的脸孔。爸爸吃完了一碗饭，点点头说："到底姐姐说得不错。这是长三度和短三度的区别。什么叫作长三度和短三度？恐怕你还不知道。吃过了饭我教你。"

我连忙伸手接了爸爸的饭碗，说道："我同你添饭，你现在就教我好么？"他笑着答应了，继续说道："你知道么，一个音阶里有七个音，每两个音之间的距离不等。从mi到fa，从si到do，这两处的距离特别短，叫作'半音'，其余的叫作'全音'。故一个音阶是由五个'全音'和两个'半音'造成的。所谓'度'，就是从一个音到另一个音所经过的字数。例如从do到re，经过两个字，叫作二度，从do到mi，经过三个字，叫作三度，其余不必细说。二度有两种：相距一个'全音'的，叫作'长二度'，例如do到fa便是。相距一个'半音'的，叫作'短二度'，例如mi到fa便是。三度也有两种：相距两个'全音'的，叫作'长三度'，例如do到mi便是。相距一个'全音'和一个'半音'的，叫作'短三度'，例如la到do便是。故长音阶就是第一音（do）与第三音（mi）之间为长三度的音阶，短音阶就是第一音（la）与第三音（do）之间为短三度的音阶。你懂了么？"爸爸说过之后赶快吃饭。

我一面吃饭，一面回想爸爸的话，觉得很有兴味，原来长短音阶的名称是这样来的。我又自言自语地说道："那么从爸爸到我是长三度,从姐姐到爸爸是短三度。"姐姐道:"还有从你到我,从爸爸到姆妈,是什么呢?你可不知道了!"

我想不出来,对爸爸看。爸爸放下了饭碗,说:"索性统统教了你吧!四度也有两种:相隔两个'全音'和一个'半音'的,叫作'完全四度',例如do到fa,又如mi到la(姐姐在这里加以注解道:就是从你到我)便是。比'完全四度'增多一个'半音',相距三个'全音'的,叫作'增四度',例如fa到si便是。五度也有两种:相距三个'全音'和一个'半音'的,叫作'完全五度',例如do到sol(姐姐道:就是从爸爸到姆妈)便是;比'完全五度'减少一个'半音',相距两个'全音'和两个'半音'的,叫作'减五度',例如si到fa便是;六度也有两种:相距四个'全音'和一个'半音'的,叫作'长六度',例如do到la便是;相距三个'全音'和两个'半音'的,叫作'短六度'。七度也有两种:相距五个'全音'和一个'半音'的,叫作'长七度',例如do到si便是;相距四个'全音'和两个'半音'的,叫作'短七度'。八度只有一种,含有五个'全音'和两个'半音',叫作'完全八度',例如do到do便是。"

讲到这里,姆妈回来了。姐姐刚吃好饭,立起身来,拉姆妈坐在她所坐过的凳上,说道:"好,好,短调又转长调了!"姆妈弄得莫名其妙,我们管自好笑。姆妈也管自同爸爸讲三娘娘家对亲的事情了。

# 翡翠笛[1]

"南北山头多墓田，清明祭扫各纷然。纸灰飞作白蝴蝶，泪血染成红杜鹃。日落狐狸眠冢上，夜归儿女笑灯前。人生有酒须当醉，一滴何曾到九泉！"从前姐姐读这首诗，我听得熟了。当时不知道什么意思，跟着姐姐信口唱，只觉得音节很好。今天在扫墓船里，又听见姐姐唱这首诗。我问明白了字句的意味，不觉好笑起来，对姐姐说："这原来是咏清明扫墓的诗，今天唱，很合时宜，但我又觉得不合事理：我们每年清明上坟，不是向来当作一件乐事的么？我家的扫墓竹枝词中，有一首是'双双画桨荡轻波，一路春风笑语和。望见坟前堤岸上，松阴更比去年多。'多么快乐！怎么古人上坟会哭出'血泪'来，直到上好坟回家，还要埋怨儿女在灯前笑呢？末后两句最可笑了：'人生有酒须当醉'，人生难道是为吃酒的？酒醉糊涂，还算什么'人生'？我真不解这首诗的好处。"

爸爸在座，姐姐每逢理论总是不先说的。她看看我，又看看

---

[1] 本文曾载于1937年4月10日《新少年》第3卷第7期。

爸爸,仿佛在说:"你问爸爸!"爸爸懂得她的意思,自动地插嘴了:"中国古代诗人提倡吃酒,确是一种颓废的人生观。像你,现代的少年人,自然不能和他们同情的。但读诗不可过于拘泥事实,这首诗的末两句,也可看作咏叹人生无常,劝人及时努力的。却不可拘泥于酒。喜欢吃酒的说酒,欢喜做事的不妨把醉酒改作做事,例如说'人生有事须当做,一件何曾到九泉!'不很对么?"姐姐和我听了这两句诗,一齐笑起来。

爸爸继续说:"至于扫墓,原本是一件悲哀的事。凭吊死者,回忆永别的骨肉,哪里说得上快乐呢?设想坟上有个新冢,扫墓的不是要哭么?但我们的都是老坟,年年祭扫,如同去拜见祖宗一样,悲哀就化为孝敬,而转成欢乐了。尤其是你们,坟上的祖宗都是不曾见过面的,扫墓就同游春一般。这是人生无上的幸福啊!"我听了这话有些凛然。目前的光景被这凛然所衬托,愈加显得幸福了。

扫墓的船在一片油菜花旁的一枝桃花树下停泊了。爸爸、姆妈、姐姐和我,三大伯、三大妈和他家的四弟、六妹,和工人阿四,大家纷纷上岸。大人们忙着搬桌椅,抬条箱,在坟前设祭。我们忙着看花,攀树,走田塍,扳杨柳。他们点上了蜡烛,大声地喊:"来拜揖!来拜揖!"我们才从各方集合拢来,到坟前行礼。墓地邻近有一块空地,上面覆着垂杨,三面围着豆花,底下铺着绿草,如像一只空着的大沙发,正在等我们去坐。我们不约而同地跑进去,席地而坐了。从附近走来参观扫墓的许多村人,站在草地旁看我们。他们的视线集中在姐姐身上。原来姐姐这次春假回家，穿着一身黄色的童子军装，不男不女的，惹人注意。我从衣袋里摸出口琴来吹，更吸引了远处的许多村姑。我又想起了我家的扫墓竹枝词："壶榼[1]纷陈拜跪忙，闲来坐憩树荫凉。村姑三五来窥看，中有谁家新嫁娘。"所咏的就是目前的光景。

忽然听得背后发出一种声音，好像羊叫，衬着口琴的声音非常触耳。回头看见四弟坐在蚕豆花旁边，正在吹一管绿色的短笛。我收了口琴跑过去看，原来他的笛是用蚕豆梗做的：长约半尺多，上面有三五个孔，可用手指按出无腔的音调来。我忙叫姐姐来看。四弟常跟三大妈住在乡下的外婆家，懂得这些自然的玩意儿。我和姐姐看了都很惊奇而且艳羡，觉得这比我们的口琴更有趣味。我们请教他这笛的制法。才知道这是用豌豆茎和蚕豆茎合制而成的。先拔起一枝蚕豆茎来，去根去梢去叶，只剩方柱形的一段。用指爪在这段上摘出三五个孔，即为笛身。再摘取豌豆茎的梢，约长一寸，把它插入方柱上端的孔中，笛就完成。吹的时候，用齿把豌豆茎咬一下，吹起来笛就发音。用指按笛身上各孔，就会吹出高低不同的种种音来。依照这方法，我和姐姐各自新制一管。吹起来果然都会响。可是各孔所发的音，像是音阶，却又似do非do，似re非re，不能吹奏歌曲。我的好奇心活跃了："姐姐，这些洞的距离，必有一定的尺寸。我们随意乱摘，所以不成音阶。倘使我们知道了这尺寸，

---

1　榼（kē）：古代盛酒或贮水的器具。

我们可以做一管发音正确的'豆梗笛',用以吹奏种种乐曲,不是很有趣么?"姐姐的好奇心同我一样活跃,说道:"不叫作豆梗笛,叫作'翡翠笛'。爸爸一定知道这些孔的尺寸。我们去问他。"

爸爸见了我们的翡翠笛,吃惊地叫道:"呀!蚕豆还没有结子,怎么你们拔了这许多豆梗!农人们辛苦地种着的!"工人阿四从旁插嘴道:"不要紧,这蚕豆是我家的,让哥儿们拔些吧。"爸爸说:"虽然你们不要他们赔偿,他们应该爱护作物,不论是谁家的!"姐姐擎着她的翡翠笛对爸爸说:"我们不再采了。只因这里的音分别高低,但都不正确。不知怎样才能成一音阶,可以吹奏乐曲?"爸爸拿过翡翠笛来吹吹,就坐在草地上,津津有味地研究起来。他已经被一种兴味所诱,浑忘了刚才所说的话,他的好奇心同我们一样的活跃了。大人们原来也是有孩子们的兴味,不过平时为别种东西所压迫,不容易显露罢了。我的爸爸常常自称"不失童心",今天的事很可证明他这句话了。

阿四采了一大把蚕豆梗来,说道:"这些都是不开花的,拔来给哥儿们做笛吧。反正不拔也不会结豆的。"姐姐接着说:"那很好了。不拔反要耗费肥料呢。"爸爸很安心,选一枝豆梗来,插上一个豌豆梗的叫子,然后在豆梗上摘一个洞,审察音的高低,一个一个地添摘出来,终于成了一个具有音阶七音的翡翠笛。居然能够吹个简单的乐曲。我们各选同样粗细的豆梗。依照了他的尺寸,各制一管翡翠笛,果然也都合于音阶,也能吹奏乐曲。我的好奇心愈加活跃了，捉住爸爸，问他："这距离有何定规？"

爸爸说："我也是偶然摘得正确的。不过这偶然并非完全凑巧，也根据着几分乐理。大凡吹动管中空气而发音的乐器，管愈长发音愈低，管愈短发音愈高。笛上开了一个洞，无异把管截断到洞的地方为止。故其洞愈近吹口，发音愈高，其洞愈近下端，发音愈低。箫和笛的制造原理根据就在此。刚才我先把没有洞的豆梗吹一吹，假定它是do字。然后任意摘一个洞，吹一下看，恰巧是re字。于是保住相当的距离，顺次向吹口方向摘六个洞，就大体合于音阶上的七音了。吹的时候，六个洞全部按住为do，下端开放一个为re，开放二个为mi……尽行开放为si。这是管乐器制造的原理。我这管可说是原始的管乐器了。弦乐器的制造原理也是如此，不过空管换了弦线。弦线愈长，发音愈低；弦线愈短，发音愈高。口琴风琴上的簧也是如此：簧愈长，发音愈低；簧愈短，发音愈高。但同时管的大小，弦的粗细，簧的厚薄，也与音的高低有关。愈大，愈粗，愈厚，发音愈低，反之发音愈高。关于这事的精确的乐理，《开明音乐讲义》中'音阶的构成'一章里详说着。我现在所说的不过是其大概罢了。"

"大概"也够用了，我们利用余多的豆梗照这"大概"制了种种的翡翠笛。其中有两枝，比较的最正确，简直同竹笛一样。扫墓既毕，我们把这两枝翡翠笛放在条箱里，带回家去。晚上拿出来看，笛身已经枯萎了。爸爸见了这枯萎的翡翠笛，感慨地说："这也是人生无常的象征啊！"

# 巷中的美音[1]

日长人静的下午,我家东边的巷中常常发出一种美音,婉转悠扬,非常动听。

今天放学后,我正凭在东楼窗上闲眺,这美音又远远地响来了。我想看一看究竟是谁奏什么乐器。便把头伸出窗外去探望,但那发音体还在屋后的小弄里,没有转弯,所以我不见一人,但闻那声音渐渐地近起来,渐渐地响起来,渐渐地清爽起来。我根据这美音而想象,转出来的大约是一位神仙,奏的大约是一管魔笛。不然,为什么这样的动人呢?谁知等了好久,转出来的是一个伛偻而且褴褛的老头子,肩上背着一大捆竹棒头,嘴里吹着一根横笛——也是一根竹棒头。

我很惊奇,看见他一步一步地走近来,心中想道:这美音原来是卖笛的广告!但这老头子学得这一口好笛,真是看他不出!继又

---

1 本文曾载于 1937 年 4 月 25 日《新少年》第 3 卷第 8 期。

想道：中国的乐器实在有些神秘！只要在一根毛竹上凿几个洞，就可由此奏出这样婉转悠扬的美音来，何等简单而自然！外国的风琴钢琴笨重而复杂得像一架大机器，对此岂不愧然！

伛偻而且褴褛的老头子带了婉转悠扬的美音而渐行渐近，终于走到了我的窗下。我喊下去：

"喂，你的笛卖不卖？"

"卖的。"老头子仰起头来回答，美音戛然中止了。

"多少钱一支？"

"一毛小洋。"

"你等一等，我走下来同你买。"

我抽开抽斗来数了二十五个铜板，匆忙下楼，走出大门，听见那美音又在奏响了，奏得比以前愈加华丽，愈加动听。我走近老头子身边，老头子收了美音，放下肩上的一捆毛竹棒来，叫我自己选。我选了一管，吹吹看，不成腔调。我说："这管笛不好听，把你刚才吹的一管卖给我吧。"老头子笑着答允了，把他自己吹的笛递给我。我付了钱，拿了笛回家，满望吹出美音来。谁知吹起来还是不成腔调，懊恼得很。

管门的王老伯伯看见了，来安慰我："哥儿不要着急，学起来自会吹得好的。来，我教你吧。"我不意王老伯伯会教音乐，好奇心动，就请他教。他吹一曲"工工四尺上"给我听，虽然吹得不

及卖笛老头子这般婉转悠扬，却也很上腔调。只是"工工四尺上"这名目太滑稽，我玩笑地对他说："公公四尺长，婆婆只有三尺长了！"他说："不是这样讲的。喏：六个手指完全按住，是'六'。下底开放一指是'五'，开放两指是'乙'，开放三指是'上'，开放四指是'尺'，开放五指是'工'，六指全部开放是'凡'。懂得了这七个字眼，就可吹各种曲子了。不一定是'工工四尺上'的！"我研究了一下，豁然领悟，原来这是音阶，"六五乙上尺工凡"就是"扫腊雪独揽梅花"，也可说就是"独揽梅花扫腊雪"。王老伯伯所谓"工工四尺上"就是口琴谱里的|3 3 6̇ 2|1 - 5̇. 6̇ 1|1 - 6̇ 1|1 3 2 - |这在口琴曲里称为《大中华》，原来真是中国的本产货，连王老伯伯都会奏的。我从王老伯伯手里夺回那管笛，自己练习音阶，不久就学会了。我知道这笛上可以吹两种调子：第一种是以六指全部按住为do，逐一向上开放，即得七音。第二种是以开放三指（即右手全部开放，左手全部按住）为do，逐一向上开放，周而复始，亦得七音。前者倘是C调，后者正是F调。这比口琴便利一点。一只口琴只有一个调子，一管笛倒有两个调子。而且笛的音色也不比口琴坏，非常嘹亮，远远的愈加好听。这样单纯的一根竹管头，想不到也具有这样巧妙的机能，中国乐器真是神秘。

我生硬地吹着"工工四尺上"，吹进爸爸的房间里。爸爸问我笛的由来，我把刚才买笛的情形一一告诉他，最后笑着对他说："刚才我吹的，是王老伯伯教我的'公公四尺长，婆婆六尺长'呀！"爸爸也笑起来，从我手里取过笛去吹了一会儿，对我说：

丰子恺作品《合奏》

一管笛有两个调子，音色也非常嘹亮，远远的愈加好听。这样单纯的一根竹管头，想不到也具有这样巧妙的机能，中国乐器真是神秘。

"你是中国人,却只知道西洋的阶名,听到中国自己的阶名时反觉得好笑。这才真是好笑咧。我告诉你:中国也有音名和阶名。音名,前回我已对你说过,就是铁马上所刻着的十二律'黄钟、大吕、太簇、夹钟、姑洗、仲钟、蕤宾、林钟、夷则、南吕、无射、应钟'约略相当于西洋的十二调'C、升C、D、升D、E、F、升F、G、升G、A、升A、B'。阶名,有古乐及俗乐两种。古乐里的阶名,就是七音'宫、商、角、变徵、徵、羽、变宫',因为其中有两个仅加一变字,故又叫作'五音'。俗乐里的阶名,便是王老伯伯所说的'上尺工凡六五乙'。大约相当于西洋的七音'独揽梅花扫腊雪'。现今学京剧昆剧的,大都用这七个音当作阶名。从音乐的练习上讲,'宫商'和'工尺'都不及'独揽'的便利。所以现今东洋各国,都废止了自己原有的阶名而采用西洋的'独揽'。所以'独揽'现已成为世界共通的阶名,仿佛西历现已成为世界共通的公历了。不过做了中国人,中国原有的音名阶名也应该知道。所以你不要讥笑王老伯伯,他倒是能够保存国粹的呢。哈哈!"

我窥察爸爸今天谈兴很好,就向他发表刚才的感想:"我看卖笛的老头子,比王老伯伯更加稀奇。我只听见婉转悠扬的笛音而未见其人的时候,想象其人大约是个神仙,吹的大约是管魔笛。谁知等他走近来一看,原来是个伛偻而且褴褛的老头子,吹的只是这样的一根竹管。吹出来的音那样地动人,真是出我意料之外!"

爸爸说:"这还不算稀奇。你想象这是仙人吹魔笛,我就讲一个仙人吹魔笛的故事给你听吧：从前有一个外国地方，忽然来了无数的老鼠。满城的房屋和街道，都被老鼠占据了。这些老鼠很横行，要吃人的食物，要咬人的衣服，白昼也不避人。满城的百姓，都不得安居。但都想不出驱逐老鼠的方法。有一天，有一个吹笛的老头子——大约就像你今天所见的老头子一般模样的——来到城里，对人说他能驱除老鼠，但每只要一毛钱，人民见他貌不惊人，不敢相信，市长说姑且叫他一试，就答允他的条件，请他驱鼠。这老头子吹着笛向河边走，无数老鼠都跑出来，跟了他走。走到河边，统统跳到河里，不再出来了。老头问最后一只大老鼠说，'一共几只？'大老鼠说，'一共九十九万九千九百九十九只。'说过之后，也跳进河里。于是城里的老鼠都驱除了。老头子向市长要九十九万九千九百九十九毛钱。市长图赖了，对他说，'你要钱，拿凭据来。见一只死老鼠，给你一毛钱。'老头子拿不出凭据，也不要钱了。但他又吹笛，向山林方面走去。这回吹得比前愈加好听，满城的小孩子都跑出来，跟着他走。跟到山里，山脚上的岩石忽然洞开，老头子走进洞，满城的小孩子统统跟进洞。洞就关闭，只剩一个跷脚孩子没有被关进。他因为脚有毛病，走不快，所以没有被关进。满城的大人们都来寻孩子，只寻着一个跷脚孩子。跷脚孩子把别的孩子的去处告诉大人们。大人们拿了锄头铁耙，拼命地掘岩石，始终掘不出孩子来。于是这城就变成了一个（除了一个跷脚孩子以外）没有孩子的寂寞的城！这城至今还存在呢。音乐的感化力有这般伟大，你信不信？"我未及回答，外面客人来了，爸爸匆匆出去。

这时巷中的笛声又远远地响着了。原来出巷便是市梢，没有人买笛，所以他每次吹出巷，又吹回来。我一听见笛声，连忙走到东窗口去眺望。我再见这伛偻而褴褛的老头子时，不觉得稀奇而觉得可怕。再听他的笛声，也不复是以前的悠扬婉转的美音，却带着凄凉神秘的情调了。他走近了，我连忙关窗。我不欢喜我的笛了，预备把它送给王老伯伯。

## 外国姨母[1]

联合运动会于星期五闭幕,星期六休息一天,星期日例假。这样,我有了接连两天的假日。怎样利用它呢?

星期五傍晚,运动会已告结束,我们在旅馆里整顿行李、预备回校的时候,忽然爸爸来找我了。这里都是先生、同学,和别的学校的朋友,其中忽然站出一个爸爸来,使我感觉异常。见了爸爸,我的年龄好像打了一个对折,由一个独立的少年变成了一个依赖的小孩,何况在公事已经完毕,休假尚在后头的当儿。我整行李的手立刻软了下来,全身忽然感到疲倦,上前去说:"爸爸,你也来了?我们的运动会已经开好了!明天放假,后天星期!"

爸爸说:"我有事到城,顺便来看看你的。明天放假,倘你今天不必跟同学们一起回校,就跟我一同住在姨丈家,明天在城里玩玩,再回家吧。"我未及回答,华先生一面给学生打铺盖,一面仰

---

1  本文曾载于 1937 年 5 月 10 日《新少年》第 3 卷第 9 期。

起头来招呼爸爸："柳先生！你也在城里？就请同如金留住在城里吧。反正明天后天都放假。况且我们的汽车本来挤得很！"爸爸说："那很好，镇上会！"我就带了自己的行李，跟爸爸坐上了一辆黄包车，飘飘然地离群而去。华明送我到旅馆门口。临别时我感到一种惆怅，好像很对他不起似的。

在黄包车里，爸爸告诉我："这姨丈在你五岁时离国，到西洋去留学，直到最近回来。所以你见了他恐怕记不清楚了。"我问："姨母呢？"爸爸告诉我："姨母在他离国前一年死去，你更记不得了。"最后爸爸又笑着说："但姨丈又娶了一位外国姨母回来，现在和他同住着。这位外国姨母很会唱歌。等会儿你可听见她唱，唱得非常好听的！"

黄包车所拉到的姨丈家，是一所精致的小洋房。里面一位穿着洋装披着长头发的中年男子出来迎接我们，这人就是姨丈。我约略有些记得的。我行过礼，在爸爸身旁的椅子上坐下，就有一个男仆给我倒茶，却不见外国姨母出来。我起来对姨丈说："我要见见姨母！"姨丈的眼睛和嘴巴都张大了，回答不出。爸爸笑着从旁说："姨母要晚餐后才可见你，唱歌给你听，现在她是不见客的。哈哈！"姨丈也笑了。我弄得莫名其妙，怀疑地坐下了。

晚餐时，并不见姨母出来同吃，我更觉得奇怪，但没有再问。

黄昏，爸爸说："我们上楼去吧。同你去见见外国姨母。"

我跟了他们上楼，楼上也是一个精致的房栊，陈设很雅洁，但是阒无一人。窗下安着一口大钢琴，爸爸坐上去就弹。姨丈开了钢琴顶上的一只匣子，取出一只小提琴来，调一调弦，就同爸爸合奏起来。小提琴这乐器，我在《音乐入门》的插图中看见过，但是看见真物，今天是第一次。这演奏法真别致：乐器夹在下巴底下，奏起来同木匠使锯子一般，而发出来的声音异常柔和，异常委婉，活像一个女子在那里唱歌。我出神地听，听到曲终，不期地叫道："姨丈奏小提琴，活像一个女子在那里唱歌呢！"

爸爸指着姨丈手里的乐器对我说："这位就是你的姨母呀，姨丈从外国带来的。你看她唱的歌多么好听！"说过之后大家笑起来。我恍然大悟，原来爸爸同我开玩笑。我又忽然记得，有一次姆妈对我说过，我有一位姨母，结婚后一年就病故。姨丈不愿再娶，立志终身研究音乐，独自到外国去留学了。今天所见的一定是这位姨丈。我说："原来如此！我很欢喜音乐，今天要拜见这位姨母，请她教音乐了。"说得大家都笑了。我走过去看姨丈的小提琴。姨丈认真地说："如金也欢喜音乐吗？以后我同你一同研究。"爸爸接着说："这孩儿对音乐欢喜是很欢喜的，可惜没有人教。我从前学的都已忘记，不会教他。如今你回国，他倒可以常常来请教。算他幸运！"

姨丈问我学过些什么,我说学过口琴和风琴,但都是初步。姨丈问我欢喜这Violin(小提琴)否,我说很欢喜。我从来不曾听见过这样好听的乐器。口琴携带便利,但是不能吹奏像刚才一样复杂的乐曲。风琴可以弹奏复杂的乐曲,可是笨重得很,携带不便,况且发音沉重而严肃,缺乏活泼之趣。如今我看这violin,便利、复杂、轻快,而且活泼,真是一个最可爱的乐器。我说:"我一定要请姨丈教我violin。我也去买一口,不知要多少钱?"说着我看爸爸的脸孔。

爸爸对姨丈说:"请你先考他一考看,可学不可学。"又对我说:"倘使能通过入学试验,就给你买乐器。"

姨丈叫我坐下,拿起小提琴来,先奏一个悠长的音,对我说:"你跟我唱,唱'啦'字,须同我的琴音相和。"我唱了。他点头说:"对啦,再来一个!"再来的高了三度。前者若是do,现在的应是mi,我就唱了一个高三度的"啦"字。他再来一个,我听来是re,再来一个,我听来是fa……我一一和唱了。他越奏越快,度数的跳跃也越大,而且越不规则,我勉励自己的耳朵和喉咙,紧紧地跟着唱,幸而都跟得上,而且很有兴味,因为他所奏的似乎不是乱奏的音,却是一个旋律,能表示一种曲趣的。

约莫跟着唱了十分钟,姨丈收琴,对我说:"很好!再给我调调弦看。"他把琴放在我膝上了,教我用左手按弦,左用右手去弹。

我乱按乱弹不成腔调。姨丈说:"先放开手指,弹一下,假定这是do字,然后顺次给我按出re、mi、fa、la、si、do等字来,都要正确。"我听了有些儿慌:光塌塌的一根弦线,又不像口琴的有孔,又不住风琴的有键,教我怎么按得出音阶来呢?姑且试一试看:我倾耳静听,把食指在弦线上摸来摸去:摸了几回,果然摸出一个很中意的re字来,我欢喜得笑起来了。姨丈说:"对啦!再来个mi。"我用中指摸了一回,又摸出一个中意的mi来,又笑起来。姨丈说:"对啦!再来个fa。"我用无名指摸了很久,才摸出正确的fa,自己看看手指,惊奇地说:"咦,中指和无名指为什么这般接近,几乎碰着了。"姨丈和爸爸正要指教我,我忽然无师自通,接着叫道:"啊!不错,这是半音!"两个大人同声说:"对啦!这是半音!再弹下去!"我弹出了sol,手指用完了,对姨丈呆看。姨丈说:"把手移下一把改用食指去按sol。"我伸起右手来,用大指刻住了小指按sol的地方,然后把左手移下一把改用食指去按小指所按的地方。姨丈摇手道:"这不行!这不行!不得教右手相帮,也不得用眼睛看弦线。须得教右手自己摸出来。"我吃惊了。不教右手相帮,犹可说也。眼睛不准看弦线,真是暗中摸索了。教我如何摸得着呢?姨丈见我有些狼狈,指示我一句四言秘诀道:"全凭耳朵。"我恍然若有所悟,仰起头,看着天花板,大胆地把左手的食指划下,正好按在小指所按的sol字地方,于是la、si、do顺次地被我按出了。

这样地反复按了三四遍,姨丈夺了我的乐器去,对爸爸说:"好,考取了！他的耳朵颇能辨别音的高低，他的手指颇能供耳朵的驱使——这两个条件合格，就有学小提琴的资格了。明天我给他去选购乐器吧！"

这晚上姨丈和爸爸又合奏了许多乐曲，我听了很羡慕。临睡时，我渴想我的新乐器，巴不得天立刻亮了。

# 芒种的歌[1]

五点半到了。收了小提琴,放松弓弦,把琴和弓藏进匣子里,坐在北窗下的藤椅子里休息一下。一种歌声,从屋后的田坂[2]里飘进楼窗来:

上有凉风下有水,
为啥勿唱响山歌?
……

辽阔的大气共鸣着,风声水声伴奏着,显得这歌声异常嘹亮,异常清脆,使我听了十分爽快。半个月以来的身体疲劳,和精神的苦痛,暂时都恢复了。

半个月以前,我进城去参加运动会。闭幕后,爸爸同我去访问

---

1 本文曾载于1937年5月25日《新少年》第3卷第10期。
2 田坂,作者家乡话,意即水田。

新从外国回来的研究音乐的姨丈。姨丈说我很有音乐的天才。于是爸爸出了二十五块钱,托他给我买一只小提琴,并且在他的书架中选了这册枯燥的乐谱,教我天天练习。当时我们听了姨丈的演奏,大家很赞叹。爸爸曾经滑稽地骗我,说姨丈娶了一位外国姨母,很会唱歌的。我也觉得这乐器的音色真同肉声一样亲切而美丽,誓愿跟他学习。为了我要进学,不能住在城里,爸爸特地请姨丈到我家小住了一个星期,指导我初步。我每天四点钟从学校回家,休息半小时,就开始拉小提琴,一直拉到五点半或六点。姨丈去后,由爸爸指导练习。练到现在,已经半个月了,弄得我身体非常疲劳,精神非常苦痛:我天天站着拉提琴,腿很酸痛;我天天用下巴夹住提琴,头颈好像受了伤。我的左手指天天在石硬的弦线上用力地按,指尖已经红肿,皮肤将破裂了。想要废止,辜负爸爸的一片好意,如何使得?他以前曾费七十块钱给我买风琴。为了我的手太小,搭不着八个键板,所以我的风琴练习没有正式进行。如今又费二十五块钱给我买提琴,特地邀请姨丈来家教我,自己又放弃了工作来督促我。这回倘再半途而废,如何对得起爸爸?倘再忍耐下去,实在有些吃不消了。

怪来怪去,要怪这册练习书太没道理。天天教我弹那枯燥无味的东西,不是"独揽梅,揽梅花,梅花扫……"便是"独揽梅独,揽梅花揽,梅花扫梅……"[1],从来没有一个好听些的乐曲给我奏。

---

[1] "do-re-mi, re-mi-fa, mi-fa-sol" "do-re-mi-do, re-mi-fa-re, mi-fa-sol-mi" 等音符的谐音。

老实说，七十块钱的风琴，二十五块钱的提琴，都远不如一块钱的口琴。那小家伙我一学就会，而且给我吹的都是有兴味的小曲。凡事总要伴着有兴味，才好干下去。现在这些提琴曲"味同嚼蜡"。要我每天放学后站着嚼一个钟头蜡，如何使得！……今天的嚼蜡已经过去，且到外面散步一下。我从藤椅里爬起身，对镜整理我的童子军装，带着沉重的心情走下楼去。

走到楼下，看见外婆一手提着手巾包，一手扶着拐杖，正走进墙门来。姆妈上前去迎接她。我走近外婆面前，大喊一声"敬礼"，立正举手。外婆吓了一跳，摇了两摇，几乎摇倒在地，幸而姆妈扶得快，不曾跌跤。啊哟，我险些儿闯了祸。但最近我们校里厉行童子军训练，先生教我们见了长辈必须如此敬礼。对外婆岂可不敬？不过我自知今天因为提琴练得气闷，不免喊得太响了些。对面的若是体操先生，我原是十分恭敬的，但换了外婆，我刚才好像就是骂人或斥狗，真真对她不起！幸而姆妈善为解释，外婆置之一笑。然而她的确受了惊吓，当她走过庭院，到厅上去坐的时候，她的手一直抚摸着自己的胸膛。姆妈因此不安，用不快的眼色看我。我自知闯祸，就乘机退避。

走到门边，听见门房间里发出一种声音，咿呀咿呀，同我的小提琴声完全相似。听他所奏的曲子，委婉流丽，上耳甜津津的。这是王老伯伯的房间。难道王老伯伯也出二十五块钱买了一口提琴，而且已经学得这样进步了？我闯进门房间，看见他坐在椅子里，仰起头,架起脚,正在奏乐。他的乐器是在一个竹筒上装一根竹管和两弦线而成的,形如木匠的锯子,用左手扶着,放在膝上拉奏。看他毫不费力,而且很写意,外加奏得很好听。他见我来,摇头摆尾地拉得越是起劲了。我一把握住他的乐器,问他这叫什么,奏的是什么曲。他把弓挂在乐器头上,全部递给我,让我观玩,说道:"哥儿有一个琴,我也有一个琴。你的值二十五块钱,我的只花三毛半。这叫作'胡琴',我刚才拉的叫作《梅花三弄》。你看好听不好听?"

我照他的姿势坐下,也拉拉胡琴看,觉得身体很舒服,发音很容易,远胜于我的提琴,而且音色也不很坏。我想起了:这是戏文里常用的乐器,剃头司务们也常玩着的。但所谓《梅花三弄》,以前我听人在口琴上吹,觉得很不好听,为什么王老伯伯所奏的似乎动人得很呢?我问他,他笑道:"这叫作熟能生巧。我现在虽然又穷又老,年轻时也曾快活过来。那时候,我们村里一班小伙子,个个都会丝竹管弦。迎起城隍会来,我们还要一边走路,一边奏乐呢。那时拉一支《拜香调》,我现在还没有忘记。"说着就从我手中夺过胡琴去,咿哑咿哑地又拉起来。这是一种低级趣味的音乐,爸爸所称为靡靡之音的。我原感觉得不可爱,但似有一种魔力,着人如醉,不由我不听下去。听完了不知不觉地从他手里接过胡琴来模仿着他的旋律而学习起来了。王老伯伯得了我这个知音,很是高兴,热心地来指导我。不久,我也在胡琴上学会了半曲《拜香调》,而且居然也会加花。

窗外有一个头在张望，我仔细一看，是爸爸。我犹如犯校规而被先生看见了一般，立刻还了胡琴，红着脸走出门去。爸爸没有问我什么，但说同我散步去。便拉了我的手，走到了屋后的田坂里。路旁有一块大石头，我们在石头上坐下了。

"你为什么请王老伯伯教那些乐器？"爸爸的声音很低，而且很慢；然而这是他对我最严厉的责备了。我不敢假造理由来搪塞，就把提琴练习如何吃力，如何枯燥无味，以及如何偶然受胡琴的诱惑的话统统告诉了他。最后我毅然地说："这也不过是暂时的感觉。以后我一定要勇猛精进，决不抛弃我的小提琴。"

爸爸的脸色忽然晴朗了，怡然地说："我很能原谅你。这是我的疏忽，没有预先把提琴练习的性状告诉你，而一味督察你用功。今天幸有这个机会，让我告诉你吧。你要记着：第一，音乐并不完全是享乐的东西，并非时时伴着兴味的。在未学成以前的练习时期，比练习英文数学更加艰苦，需要更多的努力和忍耐。第二，人生的事，苦乐必定相伴，而且成正比例。吃苦愈多，享乐愈大；反之，不吃苦就不得享乐。这是丝毫不爽的定理，你切不可忘记。你所学的提琴，是技术最难的一种乐器。须得下大决心，准备吃大苦头，然后可以从事学习的。从今天起，你可用另一副精神来对付它，暂时不找求享乐，且当它是一个难关。腿酸了也不管，头颈骨痛了也不管，指头出血了也不管，勇猛前进。通过了这难关，就来到享乐的大花园了。"

这时候，夕阳快将下山，农夫还在田坂里插秧。他们的歌声飘到我们的耳中：

> 上有凉风下有水，
> 为啥勿唱响山歌？
> 肚里饿来心里愁，
> 哪里来心思唱山歌？
> ……

爸爸对我说："你听农人们的插秧歌！芒种节到了，农人的辛苦从此开始了。插秧、种田、下肥、车水、拔草……经过不少的辛苦，直到秋深方才收获。他们此刻正在劳苦力作，肚饥心愁，比你每天一小时的提琴练习辛苦得多呢。"

我唯唯地应着，跟着他缓步归家。回家再见我的提琴，它似乎变了相貌，由嬉笑的脸变成严肃的脸了。

# 雷声的伴奏[1]
## ——管弦乐的语言

在十八世纪以前，西洋音乐注重人声的唱歌，而不注重乐器的演奏。乐器演奏从十八世纪渐渐发达，到了今日而盛行。故以前叫作声乐时代，现在叫作器乐时代。器乐时代的音乐比声乐时代的音乐进步得多。因为人的喉音力量有限，不能作复杂的表现；乐器则有各种的音色，各种的强弱高低，能够自由地表达出作曲家的乐想，而作最复杂的表现。现在我要讲一段关于初提倡器乐时的故事给读者听。

十八世纪的初叶，德国有一位大音乐家，名叫亨德尔（Georg Friedrich Handel，1685—1759）[2]的，是提倡器乐最努力的人。同时

---

1　本文是《西洋音乐楔子》第九讲，曾载于1931年10月《教育杂志》第23卷第10号。
2　原文译为亨代尔，今多译为亨德尔。出生于德国哈雷，巴洛克时期英籍德国作曲家。代表作有清唱剧《弥赛亚》、管弦乐《水上音乐》、歌剧《罗德琳达》等。其音乐气息宽广，节奏鲜明有力，兼有德国的严肃、法国的和意大利的华丽优美，以及英国的合唱传统，是巴洛克时期具有国际性的作曲家。

德国有一位名叫巴赫（Johann Sebastian Bach, 1685—1750）[1]的大音乐家，也提倡器乐，但巴赫没有充分研究器乐演奏的方法；亨德尔则努力研究各种乐器的合奏法，即所谓管弦乐法，管弦乐（orchestra）就是用管乐器和弦乐器合并演奏。乐器共有三种，其中最主要的是管乐器与弦乐器，此外尚有一种是打乐器（打击乐器）。三种乐器齐备而同时合演，称为管弦乐，是音乐的最复杂的表演了。亨德尔在音乐上的大事业，便是管弦乐法的研究。他创行用喇叭类的乐器（即管乐）辅助弦乐器的演奏法。他搜集各种乐器，每器重用数具或十数具，又为各乐器特别作曲，使之合演壮大的管弦乐。故音量宏富，变化复杂，犹似大海中的怒涛骇浪的起伏，使听者无不震惊。有一天，亨德尔举行最大规模的管弦乐，台上排列演奏员数十人，各持一乐器。前面一班演奏员手持弦乐器，演奏乐曲的主要的旋律；后面一班演奏员各持管乐器或打乐器，为弦乐作伴奏。听众席非常拥挤，当时有名的音乐家、王公贵人，都出席听赏；国王乔治二世亦在听众席中。管弦乐开始演奏了，潮水一般的音乐奔腾而来，忽高忽低，忽抑忽扬，变化无限。满座的听众都出神了。

这正是早秋时候，天气阴晴不定。正在演奏管弦乐的时候，忽然黑云四布，风雨欲来。听众笼闭在音乐堂中倾听演奏，全不知道

---

[1] 原文多译为巴哈，今多译为巴赫。出生于德国图林根州的埃森纳赫，巴洛克时期德国作曲家、键盘演奏家，被称为"西方音乐之父"。代表作有《勃兰登堡协奏曲》《马太受难曲》《b小调弥撒曲》《平均律钢琴曲集》等。其作品构思严密，感情内在，富于哲理性和逻辑性，将宗教和世俗熔为一炉。

外间的情状,只听见演奏达于高潮的时候,台上一切乐器一齐鸣响,变出一种最强烈的音,轰轰然,隆隆然,压迫听众的感觉,使他们都畏缩。国王勃然变色,旋转头来向左右的侍臣说道:

"唉!何等奇特的音!何等惊人的伴奏!亨德尔的音乐真是伟大!"

刚才说过,台上的音乐已渐趋沉静,而那种轰轰然、隆隆然的声音依然鸣响在音乐堂的屋顶上。听众才知道这是雷声是偶然并入在管弦乐的伴奏中的。国王辨别了雷声之后,脸上的严肃之色立刻变成笑颜,和左右群臣相视,大家哄笑了一会儿。但回想刚才的误听雷声为伴奏而认真地赞叹,不免带些难为情的样子。

看了这段故事,可知管弦乐在十八世纪初的亨德尔时代,早已有大规模的演奏了。雷声能被误认为伴奏,可知其管弦乐中的喇叭和打乐器的用法一定非常发达,而音乐的音量一定非常宏大了。现代管弦乐的发展已达于绝顶。现代有"千人交响乐",即由千余人合演的管弦乐,又有应用大炮为伴奏的管弦乐。亨德尔的管弦乐虽然没有千人的组织,但是雷声可以并入伴奏,则其音量与用大炮伴奏的管弦乐相去亦不远了。所以亨德尔是管弦乐的最初的大家。现今最进步的管弦乐法,都是根据他的研究而来的。

现在我们就来谈谈管弦乐的话吧。管弦乐是现今音乐界最正大又最盛行的一种演奏。在音乐会繁盛的外国，管弦乐演奏是一般人日常惯见之事；但在我国，即使住在通都大邑的人，也很少有听管弦乐的机会，人们只能在蓄音机的片子上听到管弦乐演奏的大概。良好的蓄音机，也能逼真地演奏，不过音量比真的演奏弱小得很。我们只听见蓄音片上流出极复杂的音乐，有清脆的，有沉重的，有急速的，有迟缓的，有的像繁弦急管，有的像巨鼓大钟。这种音是怎样地发出来的？倘使我们知道了它的演奏的情形，听起蓄音片来一定更多兴味；而且将来遇到真的管弦乐演奏，也可以知道它的内容组织的大概了。

先来谈一谈管弦乐所用的乐器。管弦乐所用的乐器，差不多就是西洋音乐上所有的一切乐器。西洋乐器（除键盘乐器而外）共有三大类，即弦乐器、管乐器和打乐器。细别之，可说有五种，即弦乐器中可分为弹弦乐器（弹拨乐器）与摩擦弦乐器（弓弦乐器），管乐器中可分为木管乐器与金属管乐器（铜管乐器），连打乐器共得五种。在以前的第四回讲话中，我已经把西洋一切乐器分类列举其名称了。现在再来谈谈这等乐器的性状及其在管弦乐团中的用途。

弦乐器是由弦线发音的。因其发音的方法，可分为两种。第一种，用爪类之类弹拨弦线而发音的，称为弹弦乐器。中国的琴、琵琶、三弦，也是属于这一类的。西洋管弦乐器中所常用的弹弦乐器，仅有一种，名叫"竖琴（harp）"。这乐器形似大弓，有弦线甚多，弹拨弦线而发音，似中国的琴瑟。其音丁冬，清脆而明朗。这是西洋最古的乐器，据说是由打猎的弓变形而造成的。管弦乐演奏时，"竖琴"大都位置在台上的左方的外角上（听者的左手），普通用一个至六个。其乐器比人身高大，这是最显著惹目的一件大乐器。弹弦乐器中除了"竖琴"以外，还有"六弦琴（guitar，即吉他）"，"曼陀铃（mandoline）"。但这两种乐器气品比较的狭小，管弦乐中是很少用的。

第二种用马尾毛的弓摩擦弦线而发音的，称为摩擦弦乐器。中国的胡琴，也是属于这类的。管弦乐中所用摩擦弦乐器为数最多。这是管弦乐中最主要的乐器。乐曲的主要的旋律，是由这种乐器演奏的。管弦乐中所用摩擦弦乐器，大小计有四种，由小而大，顺次称为"小提琴（violin）""中提琴（viola）""大提琴（cello）"和"低音提琴（bass）"。这四种乐器同一形状，都有四根弦线，都用弓拉奏。只是大小各异，发音高低不同；后两种形体甚大，直立在地上而拉奏，故腹部的下端均有一尖脚，犹似旗子竿的脚；最后的一种"低音提琴"，腹部的上端作八形，形式上的差异不过这几点。管弦乐团中最重用这四种乐器，而第一种最小形的"小提琴"尤为重要，差不多是管弦乐全体中的君主。现今的管弦乐中，都要用数十个小提琴。他们把小提琴分为两群，称为"第一小提琴"与"第二小提琴"。每群用十二个至十六个，或更以上。第一小提琴群位在演奏台的左外方，第二小提琴群位在演奏台的右外方，都在演奏台上占据最重要的位置。其余三种较大的乐器，位在这两群的后面。乐器个数也很多，"中提琴"用十二个，"大提琴"用十二个，最大的"低音提琴"也用八个（但多少没有一定）。演奏台上最近听众的重要的地方，都被这四种弦乐器占据了。因为这等弦乐器所奏的音乐，正是乐曲的最主要的旋律，所以音乐家重视它们，给它们位置在演奏台的前面，使它们易被听众听见，又易受指挥者的指挥。指挥者是指挥全曲演奏进行的人，犹似兵队中的司令官，他手执指挥棒，背着听众，立在演奏台的外口的正中的高台上，支配全体演奏员的动作。他的身旁，左边就是第一小提琴群，右边就是第二小提琴群，这两群重要的乐器都依照指挥者的命令而演奏。

指挥者的前面，即演奏台的正中，是管乐器群的位置。木管乐器位在外面，金属管乐器位在里面。因为木管乐器声音幽静，须放在更靠近听众的地方；金属管乐器声音强大，故须放在远离听众的地方。这些管乐器有时奏主要旋律，有时作伴奏。木管乐器比金管乐器为重要，奏主要旋律的时候较多，故位置排在前面。

木管乐器中常用的有这几种，例如："长笛（flute）"，是一种横吹的笛，管旁有复杂的瓣，用手按瓣吹出音阶。其音清脆，其数普通用三四枝。小型的长笛，称为"短笛（piccolo）"，形态构造大致与长笛同，不过发音更为锐利。管弦乐中不一定兼用长笛与短笛，有时仅用一种。管口略作喇叭形，吹口成弯曲形的，名曰"单簧管（clarinet）"，这是管乐器中最重用的乐器，其数用三四个。管口作喇叭形的木管乐器尚有两种：其喇叭口作直线形的，称为"双簧管（oboe）"，普通用三个；其喇叭口作圆球形的，称为"英国管

（English horn）"，普通只有一个。还有一种，喇叭口向上弯曲，形似旱烟筒；而吹口另有一弯曲细管附着在大管的横部的，名曰"巴松管（bassoon）"，或称为"大管（fagot）"，普通用三四个。以上数种是管弦乐中常用的管乐器。这团体的音色，大都清脆而幽雅，类似中国的箫、笛，而音量较中国乐器为宏大，音色亦较为复杂。

金属管乐器，即喇叭之类，其发音在全体乐器中最为响亮而强烈，近听时喧聒难堪，故位在台的后面，远离听众席的地方。但它们也有特别效用，因为喇叭类的音色鲜明华丽，可以使乐曲音节明亮而生气活泼。故作曲家往往巧妙地使用这种喇叭，而造出特殊的效果。这种乐器都是黄铜制的，形状屈曲玲珑，光辉灿烂。军乐队和喜庆丧葬的仪式中所用的乐队便是金属管乐器和打乐器（鼓等）结合而成的。管弦乐团中所常用的金属管乐器有这样的几种："短号（cornet）"，是一种大型的喇叭，其弯曲管上装有复杂的瓣；"圆号（French horn）"，其管弯成浑圆形，全体好像一个大的烟斗，其形状最为特别；"小号（trumpet）"，形状大体似"短号"，瓣的机关较为简单；"长号（trombone）"，则管身细长，弯成S形；"大号（tuba）"，管的弯曲形状与"短号"等相似，而吹口位在喇叭口的近旁。这些形状的变化，都是为了音色音量的关系而变化出来的；各种形状的管所发的音，各有其特色。管弦乐团中所用金管乐器，其数目大抵为三个或四个。也有特别多用的。

打乐器位在演奏台的最后方。这种乐器所发的音，强大而简单。它们大都不能演奏旋律，只能加强拍子，故在管弦乐中不甚重要；但也是不可缺少的。因为打乐器能使乐曲的节奏强明，效果显著。试看普通的军乐队，倘没有鼓而只有喇叭，其音乐必散漫而没有力强的效果。管弦乐中所用打乐器，有"大大鼓（bass drum）""小鼓（side drum）"，就是普通军乐队中所见的铜鼓；有"定音鼓（timpani）"，形似锅子，锅上张皮，锅下有架子；有"钹（cymbals）"，形状就同我国的铙钹一样，是用两片圆形的金属相敲击而发音的；有"三角铁（triangle）"，是一根弯成三角形的钢条，用槌击之，发叮叮之声，犹如我国的磬；有"铃鼓（tambourine）"，是一面扁形的皮鼓，鼓的四周装有金属的小片，敲鼓则金属小片震响，与鼓声合成一种热闹的音响。管弦乐团中所用打乐器，普通每种不过一二具已足。

管弦乐中也有加用钢琴（洋琴）、风琴、六弦琴、曼陀铃或别种乐器的，但普通最常用的，只是上述的几种。这三类乐器，对于一个乐曲的表现各有其特殊的用处：弦乐器演奏乐曲的主要部分，管乐器做它的辅助，打乐器加强演奏的效果。拿一阔房屋来比方，弦乐器好比柱，管乐器好比墙壁，打乐器好比窗户。实际听过管弦乐演奏的人，一定知道这比喻是确切而有趣的。

管弦乐所用的乐器这样繁多，故其所奏的乐曲也是非常复杂而庞大的。这种大乐曲名曰"交响乐（symphony）"。交响就是各种乐器交互响出的意思。交响乐是一切音乐中最伟大最完全的表现。

它的音量的宏大可以参与雷鸣与大炮。它的音域的广度，自最低音至最高音约六个音阶有余。管弦乐中各乐器所发的音，最低的是低音部谱表下方第五加线之下的音；最高的是高音部谱表上方第五加线之上的音，即其音域共为四十三音（六个音阶有余）。这些音都是交响乐中所应用的。演奏一曲交响乐，至短须费数十分钟；长大的交响乐须历数小时。这大曲的构造，普通分为四乐章（也有三乐章或两乐章的）。在以前第八讲中，我们已谈过乐曲的形式的话。那时曾经说起"朔拿大（sonata，奏鸣曲）"和"交响乐"的两种乐曲名称。原来朔拿大交响乐，是同样形式的一种大曲；不过单为一二种乐器（例如钢琴，小提琴）作曲的，称为"朔拿大"。为数十种乐器（即管弦乐）作曲的，称为"交响乐"。交响乐的作曲，自然比朔拿大复杂，作曲者必须对于各种乐器部有经验知识，必须顾到各种乐器的性质。所做的乐曲，不像唱歌乐谱的：每行只有一个五线谱，也不像钢琴乐谱的每行只有两个五线谱，必须为各乐器设一五线谱，由十数个五线谱连成一行大谱。这大谱名曰"总谱（score）"。故交响乐曲一行须占一页，这一页上的许多五线谱的左端注明各种乐器的名称，规定某乐器演奏某个五线谱上的音乐，各乐器同时演奏，即成为交响乐。

交响乐作曲的困难，自不必说，就是"总谱"的读法，也是很困难的事了。古人称读书聪明的人为"一目十行"，就是说他看一看可以看到十行文字。这句话拿来形容读"总谱"的人，最为适当。"总谱"有十余个五线谱重叠排列着，读谱的人必须同时阅读这十余个五线谱，才可知道管弦乐进行的状况。善读"总谱"的人，就是管弦乐队的指挥者。

指挥者手执指挥棒，背着听众，立在演奏台的外口正中央的高台上。他立在这地方，眼睛可顾到一切演奏员的动作。他的身体高高地耸立着，为一切演奏员的目标。他们都服从指挥者的命令而做动作。在指挥者的眼前安置一个放乐谱的架子，这架子名曰谱台，谱台上放着所演奏的乐曲的"总谱"。指挥者一面阅读"总谱"，一面用指挥棒指点演员的动作。乐曲应该高扬的时候，他高举指挥棒而用力舞动，又用身体表示昂奋的样子，演奏员就用力演奏。乐曲应该沉静的时候，他的指挥棒向下指挥，又用身体表示退缩的样子，演奏员的用力也随之而消减。乐曲的速度、表情、曲趣，全靠指挥者用棒的举动和身体的跳舞来表出。故指挥者对于乐曲，必须充分理解其内容。同一名曲，因了指挥者的理解的深浅，而演奏的效果优劣不同。指挥者仿佛是在弹奏一座大钢琴。台上的一切演奏员仿佛是这大钢琴的键板。弹钢琴的人用手指按键板而奏曲，指挥者则用指挥棒按演奏员而奏曲。故指挥者是管弦乐团的主人，交响乐可说是他一人所演奏的。

亨德尔是研究管弦乐有大功的音乐家。他在十八世纪初叶就发起大规模的管弦乐演奏。他的演奏团中曾用第一小提琴十二人，第二小提琴十二人，大提琴和低音提琴各四人以上，金管乐器每种二人以上，木管乐器更多，每种四人或六人，风琴、钢琴，也都加入。就演奏的形式而论，当时的管弦乐与现在的管弦乐相差无几了。但就演奏的乐曲而论，当时远不及现在的进步深刻。因为在亨德尔的时代，交响乐尚未十分发达。亨德尔只研究乐器的合奏法，而没有研究乐曲的做法。在他以后，德国又出一位大音乐家，名叫海顿（Franz Joseph Haydn，1732—1809）[1]的，开始努力研究交响乐的作曲法。管弦乐演奏就更进一步。不久德国出了一位世界最大的音乐家，名叫贝多芬（Ludwig van Beethoven，1770—1827）[2]的，用非常的天才而专门研究交响乐，交响乐到这时候就大成功。世人说起交响乐，便想到贝多芬。

贝多芬生平的杰作，是九大交响乐。其曲顺次名为《第一交响乐》《第二交响乐》以至《第九交响乐》。就中第三交响乐名为《英雄交响乐》，第五名为《运命（命运）交响乐》，第六名为《田园交响乐》，第九名为《合唱交响乐》。九大交响乐中最有名的，便是这有曲名的四曲。《英雄交响乐》是描写拿破仑的英雄气概的，曲调雄壮。《运命交响乐》是描写贝多芬自己的生涯的不幸和奋斗的精神，曲调悲痛。因为贝多芬抱着伟大的天才，但是他的耳朵聋了，

---

1 弗朗茨·约瑟夫·海顿，出生于奥地利南部的罗劳。古典主义时期作曲家，维也纳古典乐派奠基人，被称为"交响曲之父""弦乐四重奏之父"；又因富有爱心，关爱儿童，被称为"海顿爸爸"。代表作有《第45号交响曲》《第88号交响曲》《创世纪》《四季》等。
2 路德维希·凡·贝多芬，出生于神圣罗马帝国－科隆选侯国的波恩。维也纳古典乐派代表人物之一，欧洲古典主义时期作曲家，被后世尊称为"乐圣""交响乐之王"。他将古典主义音乐推向高峰，并预示了19世纪浪漫主义音乐的到来。代表作有《月光奏鸣曲》《第三交响曲（英雄交响曲）》《第五交响曲》《第九交响曲》等。

这可悲的运命使他的天才不易自由发挥,然而他的精神非常力强而伟大,拼命和这可悲的运命奋斗,终于克服了这运命,成功了他的杰作。《田园交响乐》是描写田园中的山水花鸟的风景的,曲调非常愉快。贝多芬平日爱好自然风景,他把小川的景色、雷雨的光景和田园生活的样子,用音乐描写而成为这名曲,使人听了好比看见田园的风景画。第九的《合唱交响乐》,在贝多芬的九大交响乐中是千古不朽的杰作。这是贝多芬两耳全聋以后的作品,贝多芬只用他的天才写出这首杰作,自己却没有听过它的演奏。聋子能够作曲,而且所做的又是千古不朽的杰品,真是奇怪的事!这是为了他的精神非常伟大,能克服凶恶的运命,故有这样的奇迹。第九交响乐是世人所最崇拜的音乐,现在还是不绝地在世界各地被演奏着。前年贝多芬百年忌辰的一天,上海市政厅里也有外国人演奏这第九交响乐。现在蓄音机上也有这曲的片子,我们要听也不难了。这曲所以名为合唱交响乐者,因为其管弦乐中加用着人声的合唱。把人声当作一种乐器而加用在管弦乐中,是特别的办法。原来人声另有一种特殊的音色,为一切乐器所不能有。故管弦乐中加用了人声,共音色当然更加复杂,效果当然更加伟大了。

贝多芬以后,十九世纪中叶以来,研究管弦乐演奏法及交响乐作曲法的大音乐家很多。现在管弦乐演奏的进步发展,几乎达于绝顶了。人们赞美现代音乐的表现力的伟大,称之为"管弦乐的殿堂",又称之为"交响乐的水晶宫",就是拿宫殿的建筑的壮丽来比方音乐的表现力的丰富的。努力于这宫殿的建设的人是谁?我们不可以不纪念,即亨德尔、海顿、贝多芬以后,法国有大音乐家柏辽兹(Hector Louis Berlioz, 1803—1869)[1],人们称之为"交响乐诗人";德国有大音乐家瓦格纳(Wiheim Richard Wagner, 1813—1883)[2],是乐剧的建设者,最近德国有大音乐家施特劳斯(Richard Strauss, 1864—1949)[3],人们称之为"音乐诗人";法国有大音乐家德彪西(Debussy, 1862—1918)[4],人们称之为"印象派音乐家";俄国有大音乐家斯克里亚宾(Scriabin, 1871—1915)[5],人们称他的作品为"现代音乐最高水准"。这等伟人的音乐家,都是我们所要永远纪念的。

---

1 艾克托尔·路易·柏辽兹,法国作曲家,法国浪漫乐派的主要代表人物。代表作有《特洛伊人》《比阿特丽斯和本尼迪克》等。
2 理查德·瓦格纳,出生于德国莱比锡。浪漫主义时期德国作曲家、指挥家。代表作有《尼伯龙根的指环》《特里斯坦与伊索尔德》《纽伦堡的名歌手》《罗恩格林》等。
3 约翰·巴普蒂斯特·施特劳斯,奥地利著名作曲家、指挥家、小提琴家、钢琴家,被称为"圆舞曲之王"。代表作有《蓝色多瑙河》《维也纳森林的故事》《维也纳气质》《春之声》等。
4 阿希尔·克劳德·德彪西,法国作曲家,音乐评论家,其音乐风格被称为"印象主义"。代表作有《春》《牧神午后前奏曲》《弦乐四重奏》《大提琴奏鸣曲》等。
5 亚历山大·尼古拉耶维奇·斯克里亚宾,俄国作曲家、钢琴家。其作品对20世纪的欧洲音乐有过重大影响,成为俄罗斯典范音乐作品的一部分。代表作有三部交响曲,管弦乐曲《狂喜之诗》等。

# 儿童与音乐

儿童时代所唱的歌,最不容易忘记。而且长大后重理旧曲,最容易收复儿时的心。

我总算是健忘的人,但儿时所唱的歌一曲也没有忘记。我儿时所唱的歌,大部分是光绪末年商务出版的沈心工编的小学唱歌。这种书现在早已绝版,流传于世的也大不容易寻求。但有不少页清楚地印刷在我的脑中,不能磨灭。我每逢听到一个主三和弦(do, mi, sol)继续响出,心中便会想起儿时所唱的春游歌来。

> 云淡风轻,微雨初晴,假期恰遇良辰。
> 既栉我发,既整我襟,出游以写幽情。
> 绿荫为盖,芳草为茵,此间空气清新。
> ……

现在我重唱这旧曲时,只要把眼睛一闭,当时和我一同唱歌的许多小伴侣的姿态便会一齐显现出来:在阡陌之间,携着手踏着脚大家挺直嗓子，仰天高歌。有时我唱到某一句，鼻子里竟会闻到一阵油菜花的香气，无论是在秋天、冬天，或是在都会中的房间里。所以我无论何等寂寞、何等烦恼、何等忧惧、何等消沉的时候，只要一唱儿时的歌，便有儿时的心出来抚慰我，鼓励我，解除我的寂寞、烦恼、忧惧和消沉，使我回复儿时的健全。

又如这三个音的节奏形式一变，便会在我心中唤起另一曲《勉学》歌来（因为这曲的旋律也是以主三和弦的三个音开始的）。

> 黑奴红种相继尽，唯我黄人酣未醒。
> 亚东大陆将沉没，歌一曲成君且听。
> 人生为学须及时，艳李秾桃百日姿。
> ……

我们学唱歌，正在清朝末年，四方多难、人心乱动的时候。先生费了半个小时来和我们解说歌词的意义，慷慨激昂地说，中国政治何等腐败，人民何等愚弱，你们倘不再努力用功，不久一定要同黑奴红种一样。先生讲时，声色俱厉，眼睛里几乎掉下泪来。我听了十分感动，方知道自己何等不幸，生在这样危殆的祖国里。我唱到"亚东大陆将沉没"一句，惊心跳胆，觉得脚底下这块土地真个要沉下去似的。

元旦小景
子恺画

儿童时代所唱的歌,最不容易忘记。而且长大后重理旧曲,最容易收复儿时的心。

丰子恺作品《元旦小景》

儿童饱饭黄昏后
短笛横吹咏荞归

丰子恺作品《儿童饱饭黄昏后》

大人们弄音乐，不过一时鉴赏音乐的美，好像喝一杯美酒，以求一时的陶醉。儿童的唱歌，则全心投入于其中，而终身服膺勿失。

所以我现在每逢唱到这歌,无论在何等逸乐、何等放荡、何等昏迷、何等冥顽的时候,也会警惕起来,振作起来,体验到儿时的纯正热烈的爱国的心情。

每一曲歌,都能唤起我儿时的某一种心情。记述起来,不厌其烦。诗人云:"瓶花妥帖炉烟定,觅我童心廿六年。"我不须瓶花炉烟,只消把儿时所唱的许多歌温习一遍,二十五年前的童心可以全部觅得回来了。

这恐怕不是我一人的特殊情形。因为讲起此事,每每有人真心地表示同感。儿时的同学们同感尤深,有的听我唱了某曲歌,能一字字地说出当时唱歌教室里的情况来,使满座的人神往于美丽的憧憬中。这原是为了音乐感人的力至深的缘故。回想起来,用音乐感动人心的故事,古今东西的童话传说中所见不可胜计,爱看童话的小朋友们,大概都会讲出一两个来的吧。

因此我惊叹音乐与儿童关系之大。大人们弄音乐,不过一时鉴赏音乐的美,好像喝一杯美酒,以求一时的陶醉。儿童的唱歌,则全心投入于其中,而终身服膺勿失。我想,安得无数优美健全的歌曲,交付与无数素养丰足的音乐教师,使他传授给普天下无数天真烂漫的童男童女?假如能够这样,次代的世间一定比现在和平幸福得多。因为音乐能永远保住人的童心。而和平之神与幸福之神,只降临于天真烂漫的童心所存在的世间。失了童心的世间，诈伪险恶的社会里，和平之神与幸福之神连影踪也不会留存的。

廿一年（一九三二）九月十三日，为《晨报》作<br>病中口述，陈宝[1]笔录。

---

1 丰陈宝，丰子恺先生长女。

安顿心灵的绘画

| 肆

## 读画漫感

近来我的习惯：晴天空闲时喜看画，雨天空闲时喜读文，白昼空闲时喜看画，晚上空闲时喜读文。自己觉得这习惯非出于偶然，有着必然的理由。这理由是画与文的性质和晴昼与雨夜的感情所造成的。画与文性质各异：看画不必费时，不必费力，一秒钟即可看出画的大意；多看几分钟也尽有东西看得出来，时间和眼力脑力都很自由。读文就没有这么便当，一篇文章大意如何？思想如何？非从头至尾通读一遍不能知道。就是"一目十行"，也要费一歇儿时光；而且你试想，"一目十行"地看，相当的吃力呢！讲到人的感情，在晴天，白昼，若非忙着工作的时候，窗外的风日有时会对我作种种诱惑，使我的心旌有些动摇不定。若是没有出游的勇气与地方，不得已而要找几册书消闲，势必找画册，看时可以自由一些。倘找书看，若非很有兴味或很轻快的书，往往不易潜心阅读。能潜心读书的，只有雨天，或晚上的空闲时光。那时外界的诱惑都消失，窗外的景色对我表示拒绝，我的心才能死心塌地地沉潜于书中——但这也不是常事，疏懒之极，雨夜也无心读书，只是闭目奄卧在床上看画，不过所看的是浮出在脑际的无形的画。

藏画藏书的贫乏，可以用方法救济。其法，每一种书看了一会儿之后，便真个把它们"藏"越来。或者用纸包封，或者锁闭在特别橱里，使平日不易取阅。过了一年半载，再取出来。启封展读的时候，感觉上如同另买了一部新书。而书的内容，一半茫然，一半似曾相识，好似旧友阔别重逢，另有一番滋味。且因今昔心情不同，有时也会看出前次所未曾见到的地方来，引以至乐。这办法，我觉得对于画册尤为适用。因为有的文章，看过一遍便可不忘，即使藏了好久，拿出来重读时也不会感到什么新鲜。绘画是视觉美的东西，根本用不到记忆，其欣赏离不开画本。故久别重逢，如同看曾经看过的戏，听曾经听过的曲，每次都觉得新鲜的。

上月我患足疾，回到乡间的旧栖去静居了一个月，有一天趁闲，拿出从前封藏着的两包画集来，在晴窗下浏览，一包是《北平笺谱》，又一包是《吴友如[1]画宝》。这两部书不是同时买来的，也不是同时封藏的。记得我先买《吴友如画宝》，看了一遍就封藏。后来又买《北平笺谱》，看了一遍也就封藏。现在同时打开两包，好像一时买了两部新书，倍觉高兴。而同时欣赏这两部画集，又不期地发现了它们的奇妙的对照。似乎是有意选择这两部书，来作本文的话材的。所谓对照，就是这两种画册给我的感想完全相反，各具一种特色，各自代表着一种画坛上最主要的画风。《北平笺谱》

---

[1] 吴友如（约1840—1893），名嘉猷，字友如，别署猷，江苏元和（今吴县）人。清末画家，工人物、肖像。代表作有《金陵功臣战绩图》《吴友如画宝》《新世界画册》。

是郑振铎、鲁迅两先生所辑的，内容都是画笺。然而这种画笺大都已经失却了"笺"的实用性，而成为一种独立的绘画，专供欣赏之用了。北平人是否如此看待它，我不得而知。只是我的案头假如有这样的一刀信笺，我决不愿意用"某某仁兄阁下"等黑字去涂盖这些绘画。所以我否认它们为信笺，却把它们看作一种小型的略画。《吴友如画宝》可说是清末画家吴友如先生的作品的全集（他长期为画报作画，作品极多。但这册《画宝》中各类皆有收罗，可说是全集了）。但是大多数作插画风，注重题材内容意义的细写，大都不能称为独立的绘画。称"笺"的像画，而称"画"的反不像画，这不是奇妙的对比么？

然而我并非对于二者有所抑扬。我对于二者都欢喜，只是欲指出其性状之相异耳。相异之点有二：在内容上，前者大都是"抒情的"，后者大都是"记述的"；在形式上，前者大都是"写意的"（或图案的），后者大都是"写实的"（或说明的）。故前者多粗笔画，后者多工笔画。现在须得把两者分别略叙一下。

《北平笺谱》中的画，完全是中国画风的。中国画最小型的是册页，但它们比册页更小，可说是中国画的sketch（速写）。有的只有寥寥的数笔，淡淡的一二色，草草的几个题字，然而圆满、调和、隽永，有足令人（我）把玩不忍手释者。我觉得寥寥数笔，淡淡一二色，与草草数字，是使画圆满、调和、隽永的主要原因。常见这种笺谱的作者所作的别种大画，觉得往往不及笺谱的小画的富有意趣。为的是那种大画笔致欠"寥寥",色彩欠"淡淡",题字欠"草草"。想见画家作笺谱时,因见纸幅太小,故着墨宜少,因念须作信笺,故傅彩宜淡;画既略略,题字自宜草草。因此每幅费时不多,大约数分钟可了。即兴落笔,一气呵成。大画所以不及小画者,即在于此,然而画材与题字的选定,倒不是数分钟可以了事的。这有关于画家的素养,不能勉强。袭用陈腐的古典者有之,但意味深长者亦不乏其例。把我所欢喜的摘记数幅在下面,以示一斑:其一幅绘萝卜白菜,题曰"愿士大夫知此味,愿天下人民无此色"。其一绘甘蔗与西瓜,题曰"但能尝蔗境,何必问瓜期?"其一幅仅绘鱼一条,题曰"单画鱼儿不画水,此中自信有波澜"。其一幅绘钓者,题曰"钓亦不得,得亦不卖"。其一幅绘游方僧,题曰"也应歇歇"。其一幅绘扶醉,题曰"何妨醉倒"。其一幅画酒杯与佛手,题曰"万事不如杯在手"。其一幅仅绘佛手,题佛经中句"合掌恭敬而白佛言"……皆巧妙可喜。但有多数思想太高古,使生在现代的我(虽然其中有几位作者也是现代人)望尘莫及,但觉其题句巧妙可喜,而少有切身的兴味。切身的兴味,倒在乎他们的笔墨的技术上。尤其是陈师曾[1]先生(朽道人)的几幅。《野航恰受两三人》《独树老夫家》《层轩皆面水》,以及无题的,三张绿叶和一只红橘子、孤零零的一朵蒲公英、两三片浮萍和一只红蜻蜓(《太白》曾取作封面画),使我久

---

[1] 陈师曾(1876—1923),原名衡恪,字师曾,号朽道人、槐堂,江西义宁(今修水县)人。著名美术家、艺术教育家。代表作有《中国绘画史》《文人画之价值》等。

陈师曾绘制笺

陈师曾的画,不用纯粹的中国画风,而略加一些西洋画风。然而加得很自然,画面更加坚实,更加稳定,而不见「中西合璧」的痕迹。

看不倦。陈先生的画所以异于其他诸人者，是不用纯粹的中国画风，而略加一些西洋画风（听说他是东京美术学校西洋画科毕业的）。然而加得很自然，使我只觉画面更加坚实，更加稳定，而不见"中西合璧"的痕迹。

"中西合璧"的痕迹相当地显露的，是《吴友如画宝》。吴先生是清末长住在上海的画家，那时初兴的"十里洋场"的景物，大都被收在他的《画宝》中。他对于工笔画极有功夫。有时肉手之外加以仪器，画成十分致密的线条写实画，叫我见了觉得害怕。这部《画宝》分量甚多，共有二十六册。内容分十一种：即古今人物图，海上百艳图，中外百兽图，中外百鸟图，海国丛谈，山海志奇，古今谈丛，风俗志图说，古今名胜附花鸟，满清将臣，及遗补。画幅之多，约在一千以上。第一，古今人物图，所绘多古人逸事，如李白饮酒、伯乐相马、冯谖弹铗、虞姬别霸王等，还有许多古诗句的描写，例如"老妻画纸为棋局""天寒翠袖薄""坐看云起时""人面桃花"等。其中还有许多小儿游戏图，如捉迷藏、拍皮球、三人马、鹞鹰拖小鸡、滚铜板等，描写均甚得趣。儿童都作古装。第二是海上百艳图，此部为女孩子们所最爱看。所绘的大都是清末的上海妇女，小袖口、阔镶条、双髻、小脚。而所行的事已很时髦，打弹子、拍照、弹钢琴、踏缝衣机、吃大菜。吃大菜的一幅题曰"别饶风味"。又画洋装女子，题曰"粲粲衣服"。又画旗装，题曰"北地胭脂"。又画日本妇女装，题曰"效颦东施"。我看到一幅弹古琴的，佩服吴友如先生见识之广：那张七弦琴放在桌上，一头挑出在桌外，因为卷弦线的旋子在这头的底下。常见人画琴，全部置桌上，皆属错误。这点我也是新近才知道的。第三，中外百兽。第四，中外百鸟，我对之皆无甚兴味。第五，海国丛谈。第六，山海志奇，完全是《异闻志》的插画，每幅画上题着一大篇故事，我也没有兴味去读它。但见画中有飞艇，其形甚幼稚。也许那时的飞艇是如此的。第七，古今谈丛。第八，风俗志图说，也都是喧宾夺主的插画，每幅画上题着一大篇细字。我只注意其中一幅，描写某处风俗的跳狮，十几条长凳重叠起来，搭成一高台，各凳的远近法并无错误。这是全书中远近法最不错的一幅。在别处，他常常要弄错远近法，例如窗的格子，他往往画作平行。又如橱的顶，他往往画得看见。又如一处风景，他往往有两个"消点"[1]，使远近法不统一。这在中国画中是寻常的事。但在洋风甚著的吴友如先生的画中，我认为是美中不足。以下的画，格调大都与上述的相仿佛。唯最后的遗补中，有感应篇图，构图妥当，笔法老练可喜。

看《北平笺谱》，可以看到各画家的腕力，可以会悟各画家的心灵，因此常常伴着感兴。看《吴友如画宝》时，可以看到他的描工，可以会悟他的意匠，因此每一幅画给我一种观念。可知前者是主观的绘画，后者是客观的绘画。前者是诗的，后者是剧的。我又觉得看前者好像听唱歌，看后者好像听讲故事。

---

[1] 绘画中的透视学术语，现译为"灭点"，指的是线性透视中两条或多条代表平行线的线条向远处地平线伸展直至聚合的那一点。

随清娱

奇女子传司马迁侍妾名随清娱似子长
道览赏挂马元和吴友如作

吴友如画宝 古今百美图

上海笺园珍藏

## 吴友如画宝《古今百美图》

看《吴友如画宝》时,可以看到他的描工,可以会晤他的意匠。

我合观这两部画集，发现两种画风，原是偶然的事。但是凑巧得很，世间的画派无论古今东西，都不外乎这两条路：抒情的与记述的，写意的与写实的，图案的与说明的，简笔的与工笔的，腕力的与描工的，心灵的与意匠的，感性的与观念的。


　　　　　　　　　　　二十四年（一九三五）十一月二十九日

## 画家的少年时代[1]

许多青年要我讲些关于西洋大艺术家的少年时代的话,说不拘哪一个人,不拘甚样的少年时代生活,只要是近代的人而有些意味的,都可以讲,但我没有读过近代诸大艺术家的详细的传记。即使有几册略记他们的生涯的书,也不在手头,无法查考,对于这题目觉得没有文章可做。偶然把从前自己所编的《西洋美术史》及《西洋画派十二讲》来翻一翻,在近代四大画家的略传里发现了一种奇妙的共通点:即世间所称为"新兴艺术的始祖"的四大画家,其少年时代不约而同地缺乏艺术的教养,都是成年后突发地变成画家的。这四人是近代画坛上最主要的人物,这奇妙的共通点似也富有意味。我就把这四人的少年时代的境况提出来讲讲,聊以塞责吧。

照理猜想,大艺术家的少年时代必然富有艺术的素养。倒转来说:少年时代必须充分具有艺术的环境与教养,长大起来才能成

---

[1] 本文选自上海仿古书店《丰子恺创作选》1936年版。

为大艺术家。现代四大画祖的少年时代却呈其反对方面的现象：他们在少年时代全不准备为艺术家，全无艺术的环境与教养。后来天才突发，立地成功，就在画史上开辟一新纪元。这样的人生的步骤，在因果上是偶然的呢，抑或必然的呢？探索起来颇有兴味。

支配现代画坛而被尊崇为"新兴艺术之父"的塞尚（Paul Cézanne，1839—1906），幼时出身于法国马赛附近的乡村的小学校。父亲是一个银行业的商人，他命少年的塞尚入本地的法律学校，无非是欲兼得富贵。塞尚服从父亲的命令，把少年时代全部奉献于法律的研究。直到千八百六十二年，即二十三岁的时候，在法律学校毕业，来到巴黎，他的兴味突然转向艺术，从此没头于绘画的研究了。最初因文学家左拉（Zola）——他的同乡人——的介绍，结交了前印象派的大画家马奈（Manet），相与探讨画理。后来他认识了同派的大画家毕沙罗（Pissarro）的作风，曾经描写印象派的绘画，但强烈的主观不使他循步印象派的后尘，不久他终于离去毕沙罗而走他自己独得的道路。世间就有后期印象派——或称表现派——艺术的出现。未来派、立体派等新兴艺术都是"塞尚主义"的展进。现代一切摩登风的建筑与装饰，都是塞尚艺术的副产物。

塞尚的传道者梵·高（Vincent Van Gogh，1853—1890）是荷兰一个牧师的儿子。少年时代在巴黎做商店的店员。但他是热情的人，性情不适于当店员，常受店主的驱逐。在巴黎辗转数处，生活终难安定。后来就到英国去做教会学校的教师。但教师又不是他所能安的职业，终于在二十八岁时归到故乡，承袭父亲的旧职而热心地向民众说教。他的本性中富有热情，对民众说教的时候，常用绘画为宣传教义的手段。在这里他突然悟到："只有艺术可以表现自己，只有艺术能对民众宣传真理！"为这确信所驱，他就猛然地向艺术研究中突进，作出许多热烈而刺激的现代风的绘画，留传为世间的至宝。

与上二人同时同风的，还有一个大画家，就是高更（Patti Gauguin，1843—1903）。高更成为画家，也是突发的。他的少年时代，十七岁以前，在法兰西北方的一乡村中的学校里受严格的宗教教育。十七岁毕了业，就承继他父亲的本业，到海船上做了水夫。自此至二十一岁，四五年间在海中的船上操劳，生活至为辛苦。高更的幼年时代与少年时代全部是辛酸的。他三岁时，父母亲带了他移居秘鲁去，在途中父亲死了。孤儿寡妇两人到达秘鲁，全靠在秘鲁做总督的母舅照拂，在秘鲁住了四年。终于在客地不能生活，高更七岁的时候又随母亲回到亡父的故乡，就入那教会学校。高更少年时代的境遇，可说是险恶的了。他出了学校之后，只得承继父业做水夫。但少年的高更终于不堪航海的沉闷，就在二十一岁上舍弃了船，来巴黎的商店里做伙计。生活压迫他勉励，他当伙计很得店主的信用，不久升了经理，生计日渐富裕，后来娶妻生子，竟做了巴黎的bourgeois（资产阶级分子）。然而高更志不在此，他渐渐厌恶财产与家室，而倾向于艺术方面。"艺术"真是人生的可怕的陷阱！高更三十五岁上没头于艺术，十年之后，"艺术"竟使他抛弃家庭、财产和欧洲，而逃入大西洋中的一个荒岛上，去度彻底的艺术的生活了。高更少年时代不近艺术，一旦爱着了，便抛弃家庭财产而没入于其中，好像出家为僧一般，艺术在高更看来是一种宗教。

近世画坛的四始祖除上述的三人外，还有一位亨利·卢梭（Henry Julien Félix Rousseau，1844—1910）。这四人的艺术观相同，画风相同，其少年时代的不受艺术的教育也相同。卢梭的父亲是巴黎附近的乡村中的一个洋铁工匠，母亲是没受教育的一个村女，卢梭幼时连普通教育也不曾受完全，二十余岁上就被派遣到墨西哥去当兵，不久又回到巴黎参加普法战争。战后他曾为税关的职员，又开文具商店。他是未受充分的教育的人。他的思想很简朴，感情很真诚。他像原始人或小孩子一般地度过他的前半生，到了四十岁，方才学习绘画。苏老泉[1]二十七岁学文，我国人视为求学迟暮的特殊的文学家。卢梭比之苏老泉，是更特殊的"大器晚成"的艺术家了。卢梭四十岁上开始学画，不入学校，不请先生，完全是无师自学。实际，他的画完全是他的儿童一般的纯朴的感觉的发现，无法请先生教导。纯朴正是近代艺术的主要的要素。所以他的创作可为现代画风的代表作。

---

1　北宋散文家苏洵。

我不知道四位画家的少年时代的详细的生活状况，所能为读者道的，只是上述的这一点。他们在少年时代都不学艺术，而在中年以后都成大名。这暗合是必然的呢，还是偶然的呢？我想可以这样地解说：他们在少年时代都失学，是偶然的；但在中年以后都成大名，是必然的。何以言之？大艺术家原不一定要在少年时代失学，大器不一定晚成，他们原是偶然相同的。但禀赋丰足的艺术的大天才，都有不屈不挠，而在无论何时一触即发、一发不可遏的特性。尤其是为了现代的艺术与从前的艺术性状大异：从前的艺术是客观的，现代的艺术是主观的；从前的艺术是偏重理智的，现代的艺术是偏重感觉的。故从前的艺术创作需要工夫，现代的艺术创作需要眼光；从前的艺术家大都要从长期的刻画磨炼而养成，现代的艺术家可由天才的顿时觉悟而突发。推广去想：要学习从前的绘画，可以用工夫去钻研；要学习现代的绘画，却不能单靠工夫，第一须有丰富的天才与敏锐的感觉。读者倘没有知道塞尚以后的现代绘画与从前的绘画的差别，请参看我所编的《现代画派十二讲》，现在不暇详述。现在我所认为有意味而足以告读者的，便是因四大家的生涯而想起的现代艺术的特殊的性状，读者要学习现代的绘画，单靠刻画模仿的工夫是不行的，必须有丰富的天才。天才是先天的，先天不足的人对于现代绘画就绝望了吗？不然！有敏锐的感觉也可学习现代的绘画，磨炼感觉可以补充绘画的先天的不足。绘画的先天不足的人倘欲学习绘画，不可从手的描写上磨炼，须从眼的感觉上磨炼。具体地说：多描不如多看，多看不如多想。不理解现代艺术的人，可因多见多闻多思考而理解起来，却不能单靠摹写而进步。

丰子恺作品《创作与鉴赏》

从前的艺术创作需要工夫，现代的艺术创作需要眼光；从前的艺术家大都要从长期的刻画磨炼而养成，现代的艺术家可由天才的顿时觉悟而突发。

因为见闻与思考是精神全部的涵养,摹写是指头局部的技巧。研究精深的现代艺术,不像研究从前的写实画一般地可从手指局部着手,必须由全人格的思想精神上开始。天才一旦发露,思想精神一旦觉醒,立地可成大艺术家,少年时代的有否素养原是不成问题的事了。

廿一年(一九三二)七月二十五日,于上海

# 一个铜板的画家官司[1]

看这两幅名画,这是英国和美国的大画家所画的。英国最大的画家叫作透纳[2](Joseph Mallord William Turner,1775—1851),他的最有名的画就是这幅《战舰》[3]。美国最大的画家叫作惠斯勒[4](James Abbott McNeil Whistler,1834—1903),他的最有名的画就是这幅《母亲的肖像》。

我们普通说起"西洋",例如西洋音乐、西洋史,大都先使人想起欧洲大陆诸国,后来才想到英国和美国。英国和美国的确不在西洋的中心:因为英国是三个岛子附在欧洲大陆的旁边;美国是近代才寻着的一块新大陆,和欧洲大陆隔着很远的一片大西洋,不

---

1　本文曾载于 1930 年 3 月《教育杂志》第 22 卷第 3 号。
2　约瑟夫·马洛德·威廉·透纳(1775—1851),英国最为著名、技艺最为精湛的艺术家之一,19 世纪上半叶英国学院派画家的代表,最杰出的风景画家之一。代表作有《被拖去解体的战舰无畏号》《海上渔夫》《迦太基帝国的衰落》等。
3　现常用名为《被拖去解体的战舰无畏号》。
4　詹姆斯·惠斯勒(1834—1903),美国画家。代表作有铜版画《法国组画》、肖像画《母亲》及组画《泰晤士河》等。

过其人民是从欧洲移住过去的。所以西洋的文明以欧洲大陆为中心点，英美是其分支。在美术上，情形也是如此。譬如说起西洋画，我们就首先想起法兰西的画，意大利的画。英国的画和美国的画都是从法国和意大利传授去的。研究了法意的美术，即使不看英美的美术，也可说是懂得西洋美术了。反之，只看英美的美术，而不研究法意的美术，就不能知道西洋美术的本身。所以意大利和法兰西在西洋美术上是最重要的两国。诸位将来倘要做美术家，必须先把这两国的美术仔细研究，英美的美术，即使不研究也不妨。

然而说到名画家与名画，在英美并非没有。英美正有几个天才的画家和闻名于全世界的杰作，我们都非知道不可。像现在所举的两张画，就是可以代表英国画和美国画的作品。我为诸位谈西洋名画，所选的画幅，大部分是欧洲大陆的画家的作品，法国人和意大利人的画更加多。只有这两幅画，是英美的画家的作品。

说起英美的画家，我就想起一回很有趣的打官司的事件。现在先写出来，当作一个话头。

美国从来只有一个大画家，就是前述的惠斯勒。诸位都晓得，美国是新近由哥伦布寻着的新土地；寻着之后就有欧洲人迁居过去，后来出了有名的伟人林肯、华盛顿，成了一个世界有名的大国。但他们的立国只有百多年。大的学问家、美术家在美国当然不多，所以惠斯勒是美国最初的，名气又最大的画家。他从小在美国

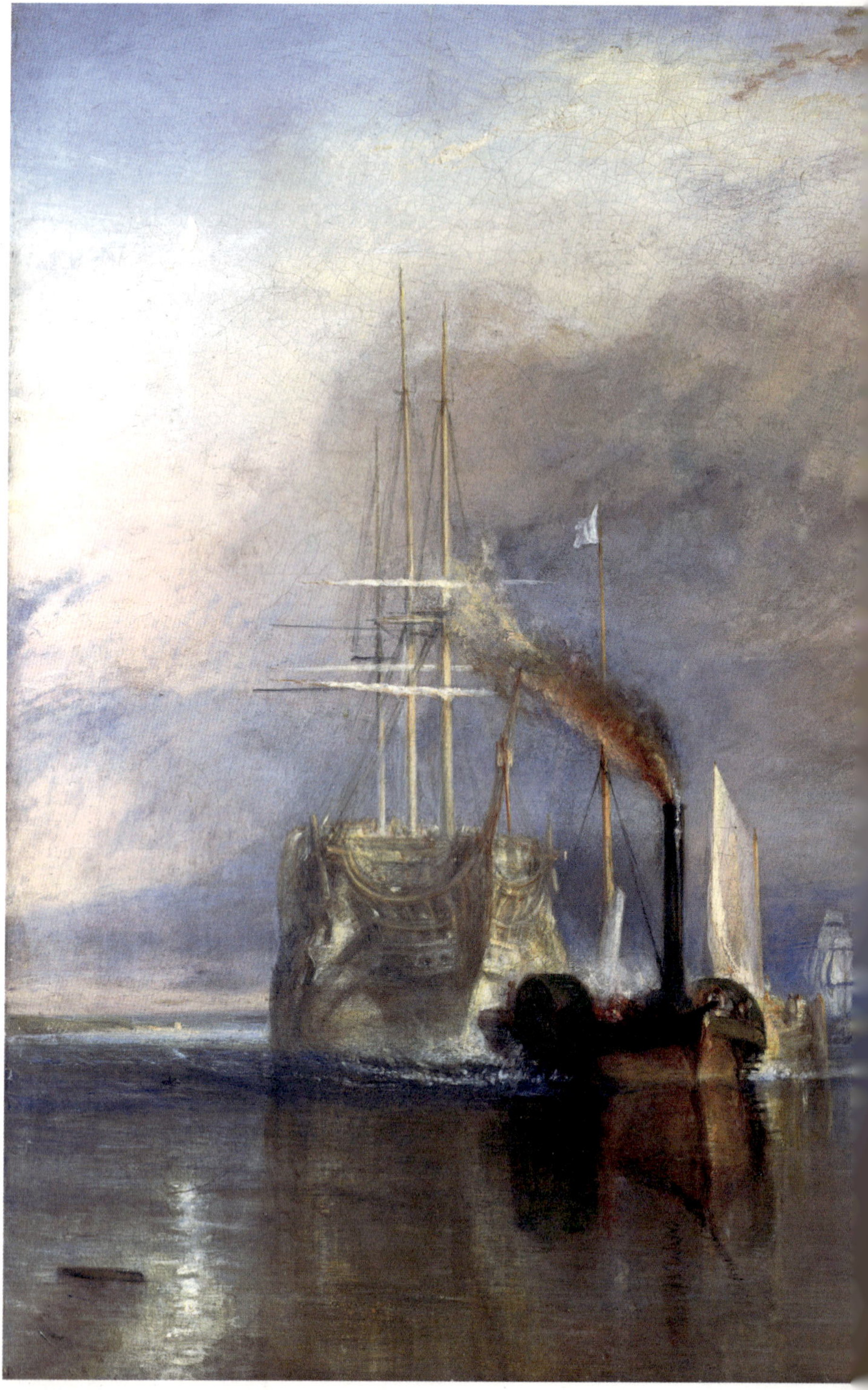

透纳作品《战舰》(又名《被拖去解体的战舰无畏号》)

惠斯勒作品《母亲的肖像》

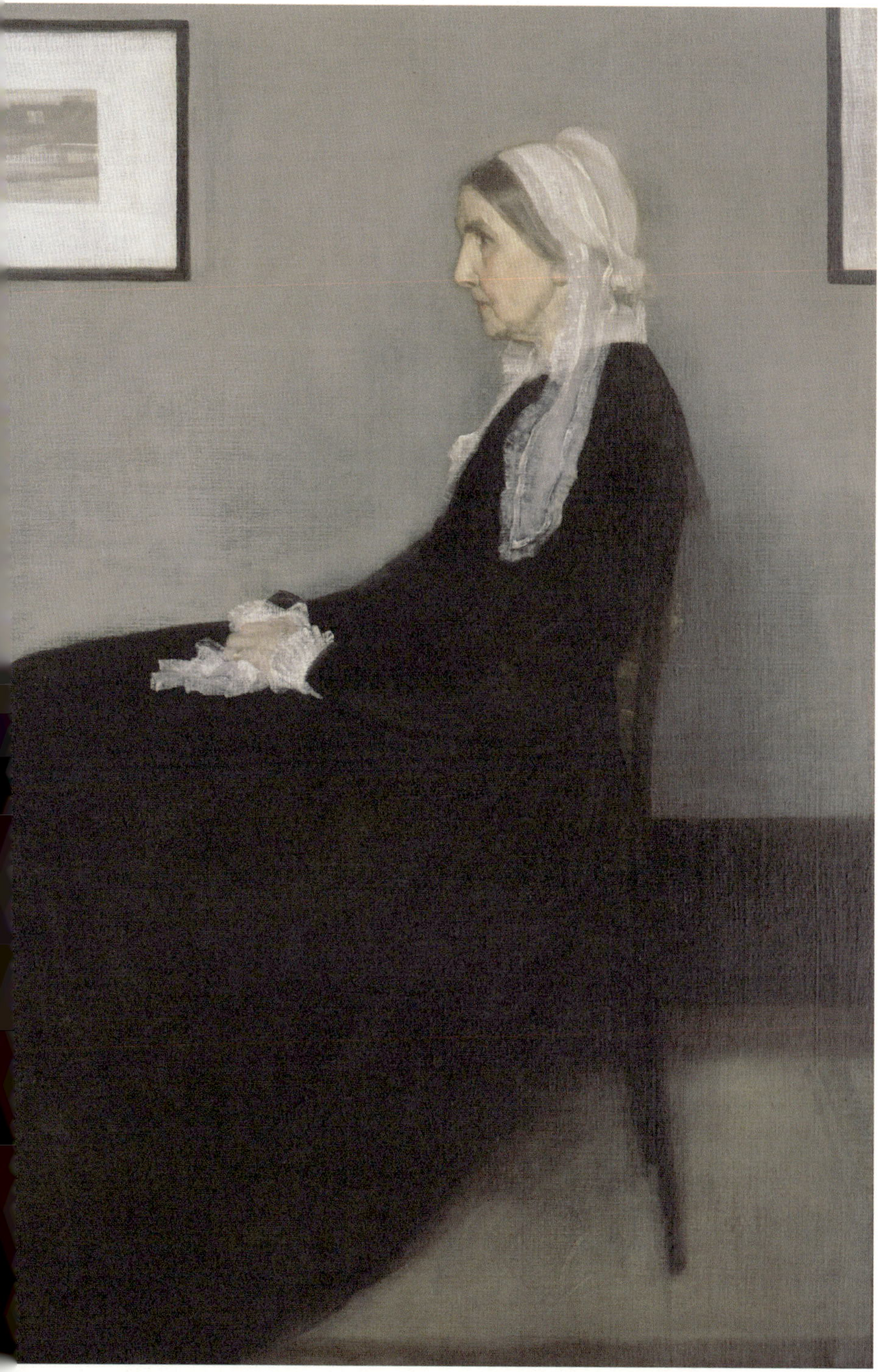

学画，二十一岁的时候，游学欧洲，来到了欧洲美术最兴盛的法京巴黎。这时候，法国美术界上正在提倡一种新的画法，名叫"印象派"。有两个法国画家，一个名叫马奈（Manet），一个名叫莫奈（Monet），就是发明这"印象派"的画法的人。他们的画法，凡画不必仔细地描写，只要画出一片模模糊糊的光景就好了：譬如描一朵花，不必把花瓣一张一张地描出，只要把半张开眼睛时所见的模糊的样子涂在画布上，远看时活像一朵花，就是好的画了。又如描一个人的脸孔，不必把须眉一根一根地画清楚，也只要照半开眼睛所看见的样子画出，远看活像一个人的脸孔就好了。所以他们的画大都近看只见一堆一堆的颜料，全不精细，远看时方才看得出它的好处。照这种画法，在从前的欧洲没有人用过，马奈和莫奈是最初提倡。所以欧洲的人大家不喜欢这种新派画，差不多没有一个人不唾骂。然而马奈和莫奈的新画法绝不是乱涂，也是很有道理的（将来我再详说这个道理）。所以懂得画理的人并不反对，却很佩服他们，又学他们的画法。美国的大画家惠斯勒便是这样的一个人。他一到法国，看见了这种新派画，心中很感动，就学习马奈的画法。他的画注重色彩，红的、黄的、蓝的用得很鲜明。又注重光线，明的、暗的配得很巧妙。他在巴黎住了好久，画法十分进步了。他的作品中，最多的是人物肖像画，色彩、明暗、布置都很巧妙。次多的是风景画，大都鲜明、清雅，使人看了心中很轻快。作品既然多了，他就离开巴黎，到英国去游历。一八七八年，惠斯勒来到英京伦敦，把自己的画陈列起来，开一个个人作品展览会。因为他是印象派的画家，他的画中肖像画最多，故他的展览就称为"印象派肖像画展览会"。印象派的绘画在今日的世界上固然大家都已懂得，但在那时候，法国人尚且要唾骂，英国人当然也不欢喜看。就中有一个英国很有名的学问家名叫罗斯金（John Ruskin, 1819—1900）的，也反对惠斯勒的画。罗斯金是世界上大名鼎鼎的博学家。他通达各种学问：文学、美术、工业、政治、经济、科学，没有一样不精通。所以他的见识很高，他是世界有名的大批评家。一张画，倘罗斯金批评好，大家就相信它是好的画了。但是这位大批评家对于印象派的画，始终不欢喜。因为他所最欢喜而赞美的，是描这幅《战舰》的英国大画家透纳的画。他曾作一册很大的书，名叫《近代画家》，评论近代西洋诸大画家。结果，他所最称赞的是透纳。他以为近代画家中没有一人能及得透纳。他看了惠斯勒的印象派肖像画展会，嫌他的笔法太粗草，色彩太杂乱，批评很不好。内中有一幅题名为《黑与金的夜曲》的，最使罗斯金不欢喜。他就写了一段批评文，登载在伦敦的报纸上。批评文中说：

"惠斯勒是把颜料瓶倒翻在画布上了，给大家看。"意思就是说，他的画犹之倒翻了颜料瓶，全是乱涂，没有什么意思。

惠斯勒自己努力研究新派的画法，开这个展览会，原是要宣传他的新派画法。现在被罗斯金骂了一顿，心中十分动怒。他对人说："我的画，自有新派画法的道理。罗斯金不讲道理，把我的画看作倒翻颜料瓶，明明是故意捣乱。他不是批评我的画，他是毁坏我的名誉。毁坏名誉是犯法的。我要和他打官司。"

惠斯勒就向法庭起诉，说罗斯金毁坏他的名誉，请法官查办。法官就差人去叫罗斯金来。审判之后，知道他们两人各有道理，而且两人都是当代的名人。一个是美国最大的画家，一个是英国最大的批评家。他们的打官司，不比平常人的争权夺利。他们是为了伟大的艺术上的高深的问题而争论。法官觉得非常困难，教他怎样审判这件案子呢？后来他一想，艺术是艺术，法律是法律，我是管法律的人，只要照法律判断。罗斯金的批评自有高深的理由，不过他的话骂得太凶，的确有伤于惠斯勒的名誉，应该有罪。但他究竟是当代最大的批评家，况且是为了艺术批评，说他犯罪，又似乎太严。教他怎样判定罗斯金的罪，倒是一个很难的问题。他终于想出了一个很聪明的办法。他就说道：

"罗斯金应该拿出罚金。"

罗斯金问他要罚多少洋钱，法官判断道

"罚一个铜板。"

罗斯金就在袋中摸出一个铜板来，递给法官。大家散出法庭，这场官司就完结了。

英国的钱币中，最小的叫作"法新[1]（farthing）"。法新是铜币，犹之中国的铜板。一个铜板，是最小的钱。比铜板再小的钱，是没有的了。但人们打官司，罚金总是几十元、几百元，或几千元，从

---

[1] 今译为法寻，一种旧式硬币，四法寻为一便士。

来没有罚一个铜板的。这法官罚罗斯金一个铜板，完全是他的聪明的办法。因为倘然认真地要他出罚金，对不起这位大批评家；不要他出，又不能解决这场官司。现在要他出一个铜板，罚总算罚了；但人们都知道这是开玩笑，不是认真定罗斯金的罪。罗斯金当然懂得法官的意思，所以立刻出了一个铜板，并不当作失面子。惠斯勒心中也佩服法官的聪明的手段，就退出法庭，不再生气了。这一回打官司，好比小孩子游戏，又好比做了一出趣剧，并无得失胜负的话。伦敦的人盛传这件有趣的新闻，咖啡店内、酒店内，到处有人谈着这件趣事。后来变成了一个有名的逸话。惠斯勒和罗斯金的名望，因了这个逸话而更加高大了。现今这两位名人都已逝世，这件趣事就变成了美术史上的珍谈，全世界的人都知道了。

惠斯勒原是一个世界著名的大画家。《母亲的肖像》，是他的一切作品中最好的一幅。这幅画陈列在展览会中，法国人看见了大加称赞。法国政府就出了很多的金钱，向他买了这幅画，运回法国。到现在还供藏在巴黎的卢森堡美术馆中。惠斯勒的画被法国政府买去，陈列在美术馆中之后，他的名望更加大起来了。他自己说：

"我自己确信《母亲的肖像》在我的一切画中是最好的作品。这幅画应该有被法国政府收买的光荣。"

请仔细欣赏这幅名画：虽然没有印出色彩[1]，但看其画中各物的

---

[1] 初版为黑白印刷。

布置，明暗的配合，已经很安定而自然了。在不懂画的人想来，要在一张长方的纸中画一个老太太，是一件很容易的事体。只要画得面貌像，衣服不错，就是了。其实像不像，错不错，并不是难事。美术上最难而最重要的事，是纸上的"布置"。例如这幅画中，母亲的座位倘再移向前面（母亲的面前）一些，母亲背后的一条空地就嫌太阔；反之，倘再移向后面一些，这一条空地又嫌太狭。倘移高一些，母亲的面部太近于画的边上，很不自然；反之，倘移低一些，椅子脚从画边上生出，又切去的裙子太多，更不自然。故母亲的位置的高低左右，只有这样是最安定又最美观，不能再改动一点了。母亲是这幅画中的主要的题目，其余的照相镜框、幕、搁脚凳都是背景。背景的布置，也一样地要讲究。例如母亲面前的镜框倘拿去了，这块墙壁就很冷静而无趣。所以这是不可少的。但倘壁上再多挂一些东西，又嫌太乱杂了。不但如此，就是它挂在壁上的位置的高低左右，也不可改动一点，改动了就不自然而不美观，诸位可以自己想象。还有母亲的头后面的小半张镜框，在画的布置上也极有用，决不可省去。倘然不画这小半个镜框，母亲背后的一条空地中就寂寞而全无趣味了。深色的幕，为什么要画这一大块？因为母亲的衣服是深色的，倘画中别处没有深色的地方，母亲的衣服就孤独而无照应，有了这幕，明暗的配合方才平均。还有母亲脚下的一个搁脚凳，在画面的美观上是很有价值的。就形状而说，母亲膝前一带地方，裙边、鞋、幕边，都是柔软的曲线，全靠有这搁脚凳的刚强的直线，这一带地方方才有变化而热闹起来。就明暗而说，这一带地方都是灰色的暗调子，少有变化，加了搁脚凳，明暗的变化就比较多了。又如长方形的镜框的四边有刚强的直线，恰好与其邻近的颜面、身体、幕布等柔软的线相对照。母亲背后的椅子脚细小而刚强有力，和母亲的衣服的曲线也有对照的效力……倘再静静地仔细观赏起来，还有许多巧妙的地方是口上所说不出的。这种布置的方法，在西洋画上名叫"构图法"。图画上有许多法则，例如色彩法、远近法、构图法，都是要学习的，其中构图法最为要紧。一张画可用一只风筝来比方，画的构图（就是布置），犹之风筝的骨子。春假的时候，有几位小朋友欢喜自己制风筝来放。他们都知道：制风筝，第一须把骨子扎得正确，然后糊上纸张，施上色彩，拿到田野中去放，一定放得很高。倘骨子不正确，无论纸张糊得怎样精致，色彩施得怎样美丽，这风筝一定放不起来。一张画也是这样，倘构图不好，即使色彩很丰富，远近法很正确，到底不能成为良好的作品。

诸位练习图画，先要留心画纸上的布置。凡画一件东西，不可任意画下去。必先想一想，怎样摆法才好看？想定了摆法，然后动笔描画，至于练习构图法，可以读构图法的书；但多看名画，多请先生指教，比读书更为有益。像惠斯勒的《母亲的肖像》，可以装在镜框中，挂在书房中的壁上，常常看看，可悟通构图的道理。

描这幅《战舰》的英国大画家透纳，前面已经说过，是罗斯金所崇拜的大画家，时代比惠斯勒早。透纳死的时候，惠斯勒还是一个十余岁的孩子,所以透纳的画派自然比惠斯勒老一点。但画派的新旧,不过是时势的变迁,与艺术的深浅没有关系。透纳的画比较现今的画,虽然是旧派了,但其艺术的价值仍旧伟大。而且新派的画法,大都是从旧时代的伟大的艺术中发生的。故旧时代的大画家,往往是新时代的画家们的先生。透纳便是这样的一个人。前面说过,英国的大批评家罗斯金崇拜透纳,而痛骂印象派的画家惠斯勒,似乎透纳的画法和印象派的画法是相反对的。但据许多艺术论者的考究,透纳与印象派并不相反对,透纳正是印象派画家的先生。所以罗斯金的批评,实在过于偏见,应该罚他一个铜板。何以知道透纳是印象派画家的先生呢?前面所说的印象派的大将法国人马奈,最初并不描注重色彩的印象派绘画,有一次他到英国来游玩,在大英博物馆中看见了透纳的画,心中十分敬佩。他说:

"这样鲜明的光线,这样复杂的色彩,是我们法国人的画中所从来不曾见过的。这正是有生气的绘画,我们应该学习这种画法。"

他回到法国,从此努力学习透纳的光线与色彩画法,后来就创立了印象派的画派。这样看来,透纳的确是印象派的老祖宗。试看这幅《战舰》,光线与色彩何等鲜明而复杂!一片天光接着一片水光,画面全部明亮,中间的战舰映成灿烂的复合色。印象派的画法实在早已在这幅画中用过了。

透纳的为人、性情也很特别。他的父亲是一个剃头司务,家里本来很穷。后来透纳做了有名的大画家,家境渐富裕起来。但他的生活仍旧非常俭朴。他同他的父亲在人家的屋顶上租了一间小房间。他就在这小房间中描画。他们每天吃的东西非常粗劣。卖画所得的钱，都储蓄起来，永不使用。开展览会的时候，每张画要装配金边的镜框。镜框的价钱很贵。透纳不舍得出许多钱去买镜框。他的父亲就用木头亲自制造镜框，比买的便宜得多。做剃头司务的父亲又会做木匠司务，真是很难得的事！透纳一方面这样的节俭，一方面又天天储蓄金钱，所以他死了之后，遗产很多。他的遗产，除许多金钱以外，又有油画三百六十二幅，素描等二万余幅。自来的画家，大都不欢喜积蓄金钱，大都没有遗产。这种性情的透纳，真是一个很特别的画家。

透纳最多描油画，但也欢喜水彩画。原来英国的画家大都是欢喜描水彩画的。所以讲到水彩画，全世界要推英国画家为最擅长。水彩画颜料也是英国制的最为精良。现在我们倘要置办上等的水彩画颜料和水彩画纸，可以买英国牛顿（Winsor Newton）公司的制品。法国制、德国制的水彩画具都不及英国货；价钱，英国货也贵得多。英国水彩颜料的好处，是不褪色、不变色，匀净而便于涂染。所以水彩画家用英国牛顿公司的货品居多，犹之油画家多用法国罗佛朗（Lofrance）公司的货品。原来油画是法国人的特长，水彩画是英国人的特长；故油画用具是法国的特产，水彩画用具是英国的特产。

英国所以盛行水彩画者，因为其地是岛国，天光水色，非常明亮，故其景物不宜用油画，而宜用水彩颜料在白地纸上轻描淡写。又其地多雾，其景物常常模糊而作淡色，故最宜用水彩笔涂染。所以水彩画可说是英国的天然的特产。诸位倘要学习水彩画，不可立刻从水彩画入手，必须先画铅笔画或木炭画。能够用黑白两色把物件的形状与明暗正确地描出了之后，方可试用水彩颜料。初试的时候，不可完全废弃了铅笔而备用水彩。应该先在铅笔画上略涂淡淡的水彩画，描成一种"铅笔淡彩画"。其次，仅用铅笔描一个轮廓，而用水彩笔详细地涂上色彩。渐渐熟练起来，渐渐脱离铅笔而仅用水彩画笔。但须渐渐进步，不可贪快。这是最稳当的学法。倘不照这学法而立刻描水彩画，天才缺乏的人，往往容易失败。因为描画，轮廓最为要紧。水彩画表出轮廓，比铅笔困难得多。所以初学水彩画的人，宜先借用铅笔的轮廓，然后渐渐描写独立的水彩画。

# 富贵的美术家[1]

世间专心研究美术的人，大都不高兴凑别人的趣，不贪求荣华富贵。所以美术家中多贫乏的人，名画大都一时无人赏识。像前回所述的"贫乏的大画家"米勒和他的名画，便是一个最显明的实例。但今天所说的，正好和前回相反。今天所说的，是做官的富贵画家的作品。

做官的画家，在世间少得很。但东西洋最大的画家中，却有几位做大官的人。中国唐朝的时候，有一位大画家名叫王维，是做宰相的。又有一位大画家名叫李思训，是做将军的。人们称王维为"王右丞"，称李思训为"李将军"。王右丞所提倡的画法叫作"南派"，李将军所提倡的画法叫作"北派"。这南派和北派的画法是中国画的两大派别，所以这两位大画家是中国画的祖师。

近代西洋画的祖师，名叫大卫（Louis David, 1748—1825），恰

---

[1] 本文曾载于1930年4月《教育杂志》第22卷第4号。

好也是一位做官的画家，人们称他为"美术总督"。他所提倡的画法，名叫"古典派"。现在，就从这位美术总督说起。

大卫是法国人，于大约二百年前生于巴黎。他本是一位专门描肖像画的画家。他最欢喜描人的相貌，描得很像，望去同真的人物一样，而且比照相精美得多，所以人们都请他画肖像，画好之后，送他些金钱或东西。但是他心中很不满足。他觉得专靠卖肖像画度日，生活太苦，没有荣华富贵的希望。他每天独自叹息，怎样可使自己的名望大起来呢？原来他是贪求荣华富贵的人，他愿意凑别人的趣，以求富贵。可惜机会只管不来。他的年纪已经四十岁了，依然做一个贫贱的肖像画家。四十岁以前的大卫，生活真是辛酸得很；但富贵的好运，不久果然来了。

这时候法国的皇帝很糊涂，国内起了革命。革命党的头儿名叫罗伯斯庇尔（Robespierre）[1]，在到处劝导人民，教他们起来革命。大卫就挟了画箱，跟了他走。他从此不描肖像画，而描革命的画了。有时他画出皇帝和政府的罪恶，给人民看；有时画出革命党的好处，劝人民大家来投革命党。人民看了他的画，都很感动，革命党果然一天一天地兴起来了。皇帝看到了他这种画，非常动怒，出令捉拿大卫。大卫就逃到别处去描画，描得比前更多。皇帝没有办

---

[1] 原文译为罗伯斯皮尔（1758—1794），法国大革命时期政治家，雅各宾专政时期的实际最高领导人。

法。他的名望因此更高。革命头儿罗伯斯皮尔十分信用他，封他做官。革命政府成立之后，他就做了代议士。他的平生的愿望，今天果然达到了目的！他就出命令，把巴黎的美术学校封闭，使国内的美术家必须以他自己为模范。这时候的大卫，真是得意扬扬！回想从前卖肖像画度日的时候，竟好比两个人的生活了。

幸福不能久留，正好比月亮不肯常圆。大卫刚才得势，罗伯斯皮尔竟被皇帝打倒，革命政府失败了。大卫来不及逃走，就被捉进牢狱里。他在狱中，用功描画，不过不敢再描革命的画，仍旧描他本来的肖像画了。皇帝看他到底只是一个画家，不去杀害他，后来放他出狱。大卫出狱之后，就拿自己的作品来开展览会。他的名望已经很大，人们大都买了入场券，来看他的画。这一次展览会，他收到了七万法郎的金钱。总算是不幸中之幸了。

罗伯斯皮尔虽然失败了，法国不会就此太平。因为皇帝的罪恶太多，人民个个怨恨，要革命的人不止罗伯斯皮尔一人。所以各处纷纷大乱，法国的社会弄得不成样子。在这大乱的时候，忽然有一位大英雄出来救世。其人就是拿破仑。拿破仑一出世，法国的乱事立刻平静，四邻的强国都被他征服，欧洲几乎全部受他的管领了。

这位大英雄拿破仑可巧是我们的画家大卫的老朋友。大卫年轻的时候，曾经为拿破仑画肖像。这回拿破仑统了大兵，越阿尔卑斯

大卫作品 《拿破仑越险图》

他（大卫）画了一幅《拿破仑越险图》，画得人马非常雄壮。拿破仑看了十分欢喜！

山去征伐外国，大卫又挟了画箱来为他画像。他画了一幅《拿破仑越险图》，画得人马非常雄壮。拿破仑看了十分欢喜！拿破仑打了胜仗，凯旋办酒庆贺的时候，拉大卫来坐在自己的身边。大卫的荣华富贵的梦，这一天又开始实现了。

拿破仑又出大兵，远征埃及，不久又凯旋。大卫要祝贺拿破仑的胜利，对拿破仑说道："我为将军描写握剑临阵之图。"

拿破仑回答道："我打仗用不着剑。给我描许多勇壮的军马吧！"

大卫说"是"，就依照拿破仑的意思，描了一幅很大的进军图。拿破仑看了十分称心。

不久，拿破仑做了首席执政官，就封大卫做美术总督。美术总督就是掌握全国的美术的大官。这职分比从前大得多。从前他不过在罗伯斯皮尔的革命政府下做一个代议士，并没有掌握全国美术的权柄。现在法国已经归入拿破仑一人的手中，欧洲许多大国又已归附法国，故大卫差不多是全欧美术的总督。这真是荣华富贵达于极顶了。

拿破仑做了首席执政官之后，渐渐想自己即位而做法国皇帝了。大卫在以前反对皇帝，赞美共和。他的革命，便是为要打倒皇帝而建立共和国。拿破仑在以前也反对皇帝而主张共和，他的起兵，也是为了要打倒皇帝而建立共和国。但是现在拿破仑变了心思，自己想做皇帝了。大卫贪求富贵荣华，当然凑他的趣，跟了他变节。又照着拿破仑的意思，描一幅很大的画，描的是拿破仑即皇帝位时戴冠的样子，题曰《戴冠式》。此外又描了许多赞美皇帝拿破仑的画。拿破仑做了政治上的皇帝，大卫也骄横起来，仿佛做了美术上的皇帝。凡法国美术界上一切事体，都要由他一人作主，不许别人说话。这美术总督不是已经升为美术皇帝了么？

幸福不能久留，正好比月亮不肯常圆。大卫正在作威作福，忽然拿破仑被人赶走了。法国人迎立一个新皇帝，叫作路易十八世。这路易十八世做了法国皇帝之后，本想拿捉大卫，定他的罪，看他是一个肖像画家，就饶恕了他，不过不给他做官，教他好好地回家去描肖像画，不准再来弄权。大卫只得谢了皇帝，回到家里仍旧过他四十岁以前的生活。新皇帝待他，总算宽厚了。况且在家中研究肖像画，本来是很安乐的事。其实大卫应该满足，感谢，从此静静地过他的老年生活了。但是他总不灰心，失去了官职之后，只是闷闷不乐，勉强在家中描描肖像画，再等待发达的机会。

机会果然又来了。拿破仑被赶走之后，明年，又带了大兵来攻法国，又做了法国的皇帝。大卫的美术总督也重新出头。然而这回的荣华很短促，一年之后，拿破仑终于又被驱逐，幽囚在大西洋中的孤岛上，从此不再出世。大卫和他的画也被驱逐出境。这时候大卫已经是六十余岁的老翁，拼了老性命逃到比利时，后来终于客死在他乡。他的画被涂了白粉，或折断了，送到外国，不准陈列在国内。他死的时候，境况很是可怜，回想做美术总督时的光荣，竟好比做了一个梦。这都是他自己作孽。法国人待他总算是宽大的，不杀害他，也不烧毁他的画，因为他虽然贪富贵而失节操，但他的画法很有价值，很可为近代西洋画的先导，所以不杀害他，而驱逐他出境。大卫死后，他的弟子们纪念先生的恩德，为他向法国政府请求，将灵柩运回故国，终于不得政府的许可。大卫是近代最早的大画家，只因不守本分，竟连尸骨都不得还乡，真是太可怜了！

中国的两位画祖王维与李思训也是做官的画家，但他们并不拿画来凑别人的趣，并不贪富贵而失节操。所以后世的人，敬重他们的为人，又敬重他们的画。大卫的画也很可敬重，但他的为人没有节操，是很可惜的事。美术家大都不贪富贵，不想做官。与其像大卫的富贵，宁愿像米勒的贫乏。

大卫的作品很多。其中有许多很大的作品，是关于政治的，即如《戴冠式》之类的东西。其余的大都是小幅的肖像画。人们都称赞他的大画。照我看来，他的小幅的肖像画，比大幅的政治画良好得多。因为他本来是一个欢喜肖像画的画家。他应该守他的本分，专心研究他的肖像画，不应该凑拿破仑的趣，依照拿破仑的吩咐而描那种大画。他的肖像画中，有庄严典雅的古典派画法，可以使我们赞美；但他的政治画中，表示着他的卑鄙的行为，只能使我们惋惜。所以我们现在不看他的政治画，而欣赏他的肖像画。

大卫作品《勒卡米亥夫人》（今多译为《雷梅卡尔夫人》）

这幅画中，描写着勒卡米亥夫人的肖像。衣装、器物都非常精致；夫人的相貌、姿势也非常端正。全画之中，都是工整仔细的笔法，没有一笔潦草，这就是「古典派」画法的特色。

这幅画中，描写着勒卡米亥夫人的肖像。你看：衣装、器物都非常精致，夫人的相貌、姿势也非常端正。全画之中，都是工整仔细的笔法，没有一笔潦草，这就是"古典派"画法的特色。从前的画家都欢喜画天上的神明或古代的人物。大卫开始画现在眼前所看见的人物。勒卡米亥夫人便是当时的一个女人，大卫看着了描写她的肖像。就是他的政治画，例如《戴冠式》等，所描写的也是拿破仑时代的样子。这是近代西洋画的特色。所以大卫是近代西洋画的祖师。

大卫有许多学生。其中最高才的，有一个人名叫安格尔（Jean Auguste Dominique lngres，1780—1867）。安格尔也是长于肖像画的人，又欢喜描历史画。他的画法比他的先生更新，故后人称之为"新古典派"。他练习素描（即木炭画），非常用功。他的素描在法国称为古今第一。但他的着色画也很好。色彩冷静而调和，很像月光底下或电灯底下所看见的样子。他的一幅《土耳其浴场》，人体的颜色非常柔和，与背景的颜色十分融合，很像灯光之下所看见的色彩。

《土耳其浴场》就是土耳其人的洗浴的场所。土耳其人的浴场，非常讲究，内部陈设很美观，洗浴之后，可以跳舞、奏音乐，或饮茶、休息，所以他们都很欢乐。安格尔看了场内的欢乐的景象和美丽的裸体，就描成了这幅图画。这幅图画的好处，可说是"柔丽"。因为画中的色彩很柔和，裸体很美丽，加之画的外框是圆的。圆形

这幅图画的好处，可说是「柔丽」。因为画中的色彩很柔和，裸体很美丽，加之画的外框是圆的。圆形比方形为柔丽，这幅画用了圆的外框，就格外柔丽了。

安格尔作品《土耳其浴场》

比方形柔丽，这幅画用了圆的外框，就格外柔丽了。

裸体是很美丽的。所以西洋的画家，大都欢喜画裸体人。美术学校的学生，天天要练习描写裸体人。他们请一个女子，每天来裸体站在教室内的台上，给学生们看着了描写。这女子就是称为"模特儿"。模特儿即model的音译，是"范本"的意思。美术学生都要以这裸体人为范本而描画。

有几位读者，也许要想："裸体是丑的。为什么反而说它是美的，而教学生描绘呢？"

这话也很不错。我们在平常日子，要讲礼仪。上课的时候必须穿制服。吊丧贺喜，必须穿礼服，决不可以裸体见人。但这些社会上的风俗习惯是人们所造出来的，没有一定，跟了时代而变化。譬如女子的衣服，从前通行长大，现在通行短小。在从前觉得长大是美观，在现在又觉得短小是美观。这种人造的美，没有一定，跟了时代而变化。这都是一时的美，不是永远不变的美。只有裸体，才是永远不变的美。所以我们看画的时候，研究美术的时候，第一要忘记了社会上的人造的风俗习惯，而欣赏永远的美。看了裸体而觉得丑，是不能忘记社会上的人造的风俗习惯的缘故。倘能不想起世间的礼仪风习，而把裸体当作一朵花看，一定觉得裸体的颜色和形状比一切花都要美丽得多。我们觉得莲花很美丽，因为它像孩子的脸孔；海棠花很美丽，因为它像孩子的下颚；兰花很美丽，因为它像小小的手；樱桃很美丽，因为它像婴孩的嘴唇；水仙花叶很美丽，因为它像幼女的手指。花只有一种美，而人体含有一切的美。不过花的形状很简单而有定规，颜色也很简单而鲜艳，所以没有研究美术的人，都能看出它的美丽。人体的形状很复杂而没有定规，颜色也很复杂而不明显，所以没有研究美术的人，初见时便看不出它的美丽，反而要想起社会上的人造的风俗习惯而觉得丑。

裸体是很美丽的，同时又是很难画的。诸君不信，请先用铅笔描描你自己的手看。上图画课时，先生教你们描一册书、一盆花或者几个苹果，这些都是很容易描的，因为它们都有一定的形状和色彩。你们都能描得像个样子。但倘要你们描一只手，我知道描得像样的一定很少，描得可怕的一定很多。这可见人体比其他一切东西都难描。所以研究美术的学生，必须先描人体。描好了人体之后，天地间其他一切的东西，就没有一样不会描。故人体写生，是学画的基本，称为"基本练习"。

要习人体写生，可先用木炭描写石膏模型。石膏模型就是用石膏造成的头像，胸像或手足的形状。石膏颜色纯白，又不会移动。初学者可以慢慢地仔细观察而描写。活人的模特儿，颜色不一致，用木炭描写其明暗，很不容易正确；又时时要休息或变动，在初学者很感困难。所以普通学画的人，必然先学石膏模型木炭画一二年，然后开始人体写生。

学习人体写生，必先明白人体的构造和各部筋骨的形状。这种学问，名叫"艺用解剖学"。解剖，就是把人体分解开来，研究其各部的组织。医生、生理学者和画家都要研究这种学问。但医生和生理学者须得研究人体的内部的构造、作用和保护的方法，画家则不必研究内部情形，只要研究其显出在外部的形状就够了。故画家用的解剖学，特名为"艺用解剖学"，即艺术上所用的解剖学。譬如有一个人凭在桌上写字，他的右臂弯曲着。这时候下膊骨的一端突出在肘部，肘部做成一个很硬的尖角。没有学过艺用解剖学的人，这种地方往往要弄错，画得像一条弯曲的蛇，这臂膊就没有骨头了。故美术学校的学生大家都要学解剖学。人体上数十百种骨头和筋肉必须一一牢记其名称和显出的形状，仿佛学习地理时记忆山脉河流的名称和形势，非常困难。

有的人看了安格尔的《土耳其浴场》，以为最近处（即画的最下端）的方盘中的瓶、杯、壶盆等非常精巧，比远处的人体更为难描，其实完全相反。器具家伙都有一定的形：比起色彩，只要多费些工夫，不怕它描不好。人体要描得好，非学过数年的基本练习，研究过艺用解剖学不可。你看这画中的裸体女人，她们身上的轮廓线如云如水，完全没有定规。她们身上的颜色非白、非红、非黄、非青，而又有白、有红、有黄、有青，都是口上所说不出的形状和色彩。

柔丽的形状、柔丽的线、柔丽的色彩，外加一个柔丽的圆形外框,这幅画十分柔丽了。画的外框的形状与画的美有重要的关系。其方圆阔狭都合定理,不是可以随意变换伸缩的。不懂的人,擅把方形的画剪成圆形,或在画的边上剪去一条,一幅名画经过了这种人的手,立刻被糟蹋了!

普通的画框大都是长方形的。但这长方形须合一定的规则:大约长边三尺,则短边二尺。合于这个规则的长方形,最为美观。故这规则叫作"黄金律"。比黄金律阔了一些,或狭了一些,这画框就太方正或太狭长,有损害于画的美观了。

不但画框要应用黄金律,我们平日所用的东西,应用黄金律的也很多。例如明信片、信纸、信封、石板、窗洞、书桌,两边的长短都是近于黄金律的。因为黄金律的形状,最为美丽,又最为适用。

西洋画的画框,大多数应用黄金律,例如我以前所举的名画,都是黄金律的。但也有少数的画家喜欢用正方形、椭圆形或正圆形的画框。这并非画家故意欢喜奇怪,大都是因为画中所描的形状色彩特别适于正方框、椭圆框或正圆框,而不适于黄金律框的缘故。例如安格尔的《土耳其浴场》,因为其柔丽的形状与色彩特别适于正圆形的画框,故可不用黄金律而用圆框。倘用了黄金律框,一定不及圆框的调和而美观(本来是长方框的画有时也可改为圆框以供装饰之用,但须巧妙地裁取,否则就伤害了画的美观)。

# 模糊的名画[1]

以前讲过"说谎的画",现在又要讲"模糊的画"了。"说谎"是不好的事,但如前所讲,在绘画中,说谎并非不好,反而别有好处。"模糊",照普通见识看来也是不好的事:譬如写字,总要笔画清楚;做算学,总要演草清楚。但是在图画,却和别的功课情形不同。描画的时候,有时要描得清楚;有时要描得模糊。有的画家欢喜描得清楚,有的画家欢喜描得模糊,而两人的画各有好处,都能成为名画。

譬如我们到西湖上去作风景写生,看见近处有一个亭子,远处有山和宝塔,则亭子必须描得清楚,山和宝塔必须描得模糊,方才合于画理。倘削尖了铅笔,把远处山上的宝塔也描得清清楚楚,连层层窗户都可辨,这就不近事实,不合画法了。所以我说:"描画的时候,有时要描得清楚,有时要描得模糊。"

---

[1] 本文曾载于1930年10月《教育杂志》第22卷第10号。

又如前回所揭示的许多名画：德拉克洛瓦[1]的画，库尔贝[2]的画，达·芬奇的《蒙娜丽莎》，拉斐尔的《圣母子》等，画中的事物形状，大都描得很清楚，衣服、面貌、器物、背景，件件都清楚可辨。这班画家都是喜欢描得清楚的。但如第一回所说的米勒的画，和上面所揭的莫奈的画，其画中就有许多不清楚的部分。米勒的《打水的女子》和素描《教编物的女子》，眉眼不甚清楚，背景更加模糊。莫奈的风景，难于辨别房屋人物的形状及界线，但见一片融和美丽的景色而已。但像这次所揭的一幅画——西涅克（Paul Signac, 1863—1935）[3]的《船》——就比米勒和莫奈的画更加模糊难辨了。这是以"模糊"有名的两位西洋画家。他们的画，大都是描得这样模糊的。所以我说："有的画家欢喜描得清楚；有的画家欢喜描得模糊。"清楚的画，有清楚的好处；模糊的画，也有模糊的好处。两方都能成为名画。

模糊到底有什么好处呢？我可以用浅近的比方来说明：诸君家中的窗上，也曾挂着帘子么？如其不挂帘子，诸君一定曾在别处看见过窗上的帘子，窗帘是很有意思的东西。窗上一挂帘子，隔帘眺望窗外的景色，就有一种特别的趣味。花树、草木、飞鸟、行人，

---

1 德拉克洛瓦（Eugène Delacroix, 1798—1863），法国著名画家，浪漫主义画派的典型代表。代表作有《自由引导人民》《希奥岛的屠杀》《但丁之舟》等。
2 库尔贝（Jean Desire Gustave Courbet, 1819—1877），法国画家，19世纪法国现实主义美术代表。代表作有《带黑狗的自画像》《奥尔南的葬礼》《画室》等。
3 保罗·西涅克，法国新印象派、点彩派创始人之一。作品富有激情，善用红色作为基调。代表作有《圣特罗佩港的出航》《马赛港的入口》等。

达·芬奇作品《蒙娜丽莎》

画中的事物形状，大都描得很清楚，衣服、面貌、器物、背景，件件都清楚可辨。

眉眼不甚清楚，背景更加模糊。

米勒作品《打水的女子》

一切都呈模糊隐约的光景,活像一幅图画。所以中国古时的诗人词客,大都欢喜这帘子。他们在诗词中歌咏风景,屡屡说起这帘子。试翻开一册诗集或词集来,总可找到几十个"帘"字。例如"水晶帘""珠帘""湘帘""绿帘""卷帘""隔帘"……都是诗词中惯见的字眼。我们试仔细眺望隔帘的景色,因为帘子是用一根一根的细竹编成的,所以帘外的事物,都被切碎,成了许多细碎的条子或点子,而映入我们的眼中。一朵红花,隔着帘子看去,好像是由许多红的条子编成的。一张绿叶,隔着帘子看去,好像是由许多绿的条子编成的。帘外一切的景色,都被帘子切碎,仿佛五色纸条编成的组纸手工。虽然物体的形状模糊了些,但另有一种美丽可爱的光景。由此可知美的东西,不一定清楚,有时模糊的反比清楚的更美。

这个比喻虽然浅近,但很可用以说明这次所揭的名画。试看西涅克的《船》,近看起来,画面全部由五色的点子编成,活像组纸手工或地毡壁衣上织出来的花纹,而不辨景物的形状。但离开画面二三尺,把两眼微微合拢而眺望起来,就隐隐约约地看见各种景物,正像隔帘所见的光景。画的正中央有一个建筑物,它的白色的墙壁,高高地矗立着。近处两旁都是船只,中央留出一片水面。左方的船,近看只见黄色、橙色、蓝色的点子,杂乱无章地堆积着,但远看就可看出船身,上方还有桅樯。右方的船,近看也只见红色和紫色的点子,远看起来也是船身。它们的后面,又露出着一角的城堡,城堡上竖立着一面旗子,也都由红紫的点子集成。天空之中,左方有一道断虹,五色灿烂的弓形,弯弯地挂在天空的一

西涅克作品《格鲁瓦灯塔》

因译名差距较大，未能找到文中所述的《船》，代之以西涅克另一名作《格鲁瓦灯塔》，读者参阅后亦可感知其风格。（编者注）

角。右方的天空全由蓝色的点子集成。下方的水，反映天空和各种景物，色彩的点子更加复杂。这幅画中的一切景物，都被画家切成小小的碎片，而像组纸手工一般地编排着。虽然物体的形状模糊不分，但全部画面鲜丽而明亮，使我们觉得特别可爱。这和隔帘所见的隐约的光景，同一道理。不过这些景物的色彩，经过画家西涅克的分析与组合，当然更加鲜丽而有画意了。

卡里埃（Carrire Eugne，1849—1906）[1]的《亲爱》，这也是一幅以模糊著名的名画。但它的模糊，与上述的《船》的模糊不同。《船》的模糊，非但物体的形状不分，连物体的色彩都被切碎为小粒。《亲爱》的模糊，不在色彩而在光线。画中所描的人物，似乎住在一处极暗的地方，望去只看见白色的脸和手，其他的形状都埋没在黑暗中，连界线都不能辨别。试看这幅画中，全部共有五个白块——母亲的脸孔，小孩的脸孔，跪在地上和小孩接吻的姐姐的脸孔，小孩的衣，姐姐的手——除此以外，一切都埋没在幽暗的光线中。仔细辨别起来，方才看见母亲和姐姐的衣服的轮廓，母亲背后的画额，母亲身旁的桌子，和桌子上的碟和碗。但都是隐约难以分辨的。这样模糊的画，究竟有什么好处呢？我们也可举一个浅近的比喻来说明。诸君都曾见过冬晨的雾景么？冬日晨起，推窗一望，

---

1 　原文译为卡利安尔，今多译为卡里埃。法国画家。受业于巴黎美术学校，从1890年开始以肖像画家身份在巴黎活动。主要描绘家庭生活、母子关系及名人肖像。代表作有《亲爱》《病孩》《保罗·维莱纳像》等。

卡利埃作品《亲爱》

《亲爱》的模糊，不在色彩而在光线。画中所描的人物，似乎住在一处极暗的地方，望去只看见白色的脸和手，其他的形状都埋没在黑暗中，连界线都不能辨别。

往往见有薄雾弥漫于地上，把一切景物笼罩得模糊不分。然而这些平常见惯的景物，忽然变成一幅明亮柔和的图画，非常美观。又如隔着一层薄纱，眺望别人的颜貌，就觉得其人的相貌比平时美丽一些；眺望景色，其景色也要柔和而雅致一些。我又常感到，每逢天色薄暮而人家尚未上灯的时候，无论室内室外，光景都特别可爱。倘有人问我"一日之中何时的景色最为可爱？"我一定回答他这个时候。可惜这个时间很短促，至多不过二十分钟。我每每借取这短促而可贵的时间，在这二十分钟尽量地欣赏窗外室内的美景。但不久人家上灯，这美景便消失了。诸君不信，今天就可实验一下看。那时候窗外的建筑物，都融合而成团体，不复辨识张家与李宅；树木都合并为丛林，不复辨识松树与柏树。建筑物又与树木相融合而为一体，这一体又与天地相融合而成为一幅画图。凭在窗际的人，只见一个黑的姿势，而不辨其为谁人。等到天色浓黑，人家上灯的时候，窗外的景色就消失在黑暗中，窗际的人也现出颜貌与肢体，而变为现实的人了。由此可知，模糊的景色虽然界线不明，物形难辨，但其迷离隐约、如梦如影的光景，自有一种可爱的趣味。卡利埃的绘画的美，就是雾的美、纱的美、暮景的美的结晶。

不懂美术的人，看到这两张画，一定要批评道："这种画，糊里糊涂，描的什么东西都看不出，怎么说是名画？小孩描的还要清楚一些呢！"我们便可回答他说："这是绘画，不是地图，不是记账。请你带了看画的眼睛来欣赏，不要带了查账的眼睛来探索。"

描《船》的西涅克壮年的时候，看见莫奈等提倡印象派的画法，心中很是赞美，自己也来研究印象派的绘画。但他的研究比莫奈等更为深刻。莫奈等用五色灿烂的笔来描写景物；到了西涅克，竟不顾景物，而专门描写色彩。所以他的画中，只见五色的点子，而全不注重所描的景物了。他的笔法自成一派，名曰"新印象派"，或名为"点彩派"，因为他描的画总是用五彩的点子的。和他一同研究点彩派绘画的，还有一位画家，名曰修拉[1]，也是法国人。但修拉的画，过于死板，没有生气。他用色彩的点子，仔细地缀成人物风景的形状，他的画真同地毡壁衣等织物一样，故机械而没有活气。西涅克的画比他自然得多。他能观察实物，探取实物的色彩而描绘出来，其画就有生趣了。

点彩派的画法，我们不可轻易学习。因为学得不正，就变成乱涂，或变成"马赛克（mosaic）"。"马赛克"是西洋古代的一种工艺美术，或译作"剪嵌细工（镶嵌工艺）"。其法，用小小的五色的三角形或方形的石片或玻璃片，或大理石片，或木片，排列出各种花纹来，用胶汁固着，作为壁上装饰，或地上装饰。中国各处公园里或游戏场里的地上，往往用小石子嵌成图案，其法与西洋的"马赛克"很相类似。但"马赛克"更为精致而贵重。西洋古昔，希腊、罗马、埃及的时代，"马赛克"盛行，华美的建筑都不用地板

---

[1] 乔治·修拉（Georges Seurat, 1859—1891），法国画家，代表作有《大碗岛星期天的下午》《安涅尔浴场》等。

而用"马赛克"。关于这"马赛克"的地板,西洋古代有一段很有趣的故事:希腊有一位大画家,名曰乔琪内斯的,有一天去访友人。他的友人的住宅很精美,地上都用"马赛克"嵌出诸天神的图像,使人不敢践踏。乔琪内斯和友人谈了一会儿,要唾痰了。他就唾在友人的脸上。友人大怒,责问他。他回答说:"你的地上都是天神,教我没处唾痰。我只得唾在你脸上了。"

故"马赛克"是很精致的一种工艺。但我们作画,贵乎感兴,却不在乎精致。什么叫作感兴?例如我们在春日的田野中,或秋夜的月下,眼看了大自然的美,心中自然地感动,这便是感兴。有了感兴,然后可以作诗作画,而成为艺术品。倘没有感兴,而只知费了工夫去刻画、描摹、编排、堆积,就变成工艺的模仿,全无艺术的价值了。

描《亲爱》的卡利埃也是法国人。他是现代法国画坛上最奇特的一位画家,他的画最易感动人心。因为现代法国的画家,大约可分为两派。其一派注重色彩,他们的画,颜色都很灿烂。这班画家名曰"印象派"。还有一派,注重线条,他们的画中都有很粗的线条。这班画家名曰"后期印象派"。现代法国的画家,大都逃不出这两大派别。只有卡利埃,不追随任何一派,而自己独创一种奇特的画法。他的画法有两个特点。第一特点,他的画没有一幅不阴暗而模糊难辨,《亲爱》便可代表他这个特点。他的一切作品,都像《亲爱》一样幽暗而模糊,都是全体黑暗而仅留几处白块的。他的色彩,几乎只用黑白两色。虽有几处用着别的颜色,但也非常淡薄,好像已经褪色了。他的画有这个特点,故最容易认识。看过他的《亲爱》的人,见了他的别的作品,立刻可以知道这是卡利埃的画。第二个特点,他的画大都是描写母亲与子女的爱情的。他的名画,除了这幅《亲爱》之外,还有《母性爱》《爱抚》《家族》等杰作,都是描写家庭间的亲子之爱的。母亲热烈地吻孩子的颊,孩子密切地拥抱母亲的颈,是卡利埃的画中所常见的光景。加之他的画法隐约迷离,如真如梦,怎么不使人看了心生感动呢?母子的爱情,在人类一切爱情中,可算是最深刻而最真挚的了。身体载着我的灵魂,我的灵魂在这茫茫的天地间,所寄托的只有这种几尺长的身体,而这身体是从母亲得来的。所以描写母子之爱的画,最容易感动人心。在专门的画家,看了《船》一类的印象派绘画,研究其色彩,赏鉴其笔法,固然津津有味;但在大多数的普通人,总喜欢看卡利埃的《亲爱》。因为它能深刻地感动他们的心。所以卡利埃是现代最有特色的一位画家。

卡利埃为什么专用模糊的画法来描写世间母子的爱情呢?这与他的生涯大有关系。他是一个从小孤苦而一生多患难的人。他的家庭不幸,父亲一早背弃他,他从小在母亲家中养育起来。他的爱情全在母亲,母亲的爱情也全在他身上。母子二人,相依为命。但母亲的家庭很贫乏,卡利埃年纪稍长,就不得不找求职业。他从小欢喜绘画,抱着丰富的美术的天才。为欲求每天的面包,童年的卡利埃就在一个装饰画家的门下为学徒。但所得的工资,非常微薄,只能供给母亲的衣食。这种商贾的装饰画,又是他所不欢喜的。他的志望，想发挥他胸中的感兴，以创作艺术的绘画。因为饥寒所迫，不得不勉强做那枯燥无味的装饰画的工作。学习了数年，他离开了先生的门，想自己卖画度日。但当时没有人要买他的画。他只得为人描石印的画，从此就做了石版画工。一八七〇年，卡利埃二十一岁的时候，德国和法国打仗了。这时候卡利埃的母亲已经死去。卡利埃痛失慈母，觉得一生孤苦伶仃，无所归宿，他就做了兵，去和德国打仗，法国被德国打败了，卡利埃也被德国人掳去，幸而后来放还法国。卡利埃经过了从军和被掳之后，思想渐渐变化。他觉得世间都是冷酷无情的人，一切事业都是虚伪的、可悲的、幻灭的。只有家庭中的母子的爱是真实的，是永远的。但他的慈母现已不在人间了。他的周围都是些冷酷无情的路人，与他绝不相关。他好比独处在一片荒凉的沙漠中，或无人的孤岛上。悲哀之情填塞了他的胸中，儿时的梦盘旋在他的脑际了。他就把这些儿时的梦描写出来，成为真挚热烈而动人的绘画。后来他看见了别人的母子，也能假想为他自己的母子，而热心地描写他们。他能在这无情世界中发现情深的母子之爱，世界就被他幻化了。现在这幅《亲爱》，便是他的第一个儿时的梦。这画作于一八九二年，此后断断续续描写许多亲子之爱的绘画，但《亲爱》是他的代表作品。

卡利埃有一个极亲爱的朋友，这朋友是全世界闻名的大美术家，说出他的姓名来，恐怕没有一个人不知道：其人名叫罗丹[1]，是

---

1　奥右斯特·罗丹（Auguste Rodin，1840—1917），法国雕塑艺术家。代表作有《思想者》《青铜时代》《马尔扎克》等。

近代最有名的大雕刻家。现在可以顺便为诸君介绍一下：罗丹有一个绰号，叫作"近代的米开朗基罗（米开朗琪罗）"。米开朗基罗，诸君想可记得，是意大利文艺复兴期三杰中之一人，他是大雕刻家、画家、建筑家。我曾经揭示他的壁画《巫女》，并说过他的生涯，他是文艺复兴期最力强而伟大的一位美术家。现在的罗丹，其艺术和米开朗基罗一样力强而伟大，所以人们称他为"近代的米开朗基罗"。罗丹的一生，非常辛苦，大部分是奋斗的生活。他从小爱好美术，尤其欢喜雕刻。年轻的时候，努力研究，每日工作十四小时。除了草草的眠食以外，不绝（停）地工作，全无休息的时候。他的家庭很贫乏。雕刻一时不能换钱，不得已，他就到一个陶器工厂里去做工。他的工作是描绘瓷瓶瓷壶上的花纹模样。这是很辛苦而枯燥乏味的工作。但罗丹做事非常勤恳。他在工场里做工，同在自己家里研究雕刻一样地努力，一天到晚，埋头在瓶瓮中间，绝不休息。午膳的钟声打出了，他也听不见，还是埋头工作。直到他的同事们呼他，方才像梦醒一般地立起身来，擦一擦眼睛，奔到膳堂里去吃饭。饭后他到附近的公园中去跑一个圈子，立刻回到厂里，继续工作，一直到晚。这样辛苦的生活，继续了很久的年月。有一次，他拿自己所雕刻的一个裸体人像，送到巴黎的展览会中做出品。他的雕工非常逼真而有力，筋、肉、骨骼，都同真的人体一样，而且姿势非常自然。一班美术家看见了，觉得从来没有这样写实的雕刻品；罗丹做不出这作品，他一定是用生的人打了模型而印出来的。其实冤枉得很！罗丹并不拿生的人取模型，他只是空手雕出来的。但是众口一致地冤枉他，他也无法申辩。后来有一个当时有名的美术家，来访问罗丹，看见他正在雕刻，的确不用模型，而空手创造出来，他起初还不相信，就住在他家里督看了好几天。看见罗丹始终空手雕刻，而雕出来个个逼真而有神气。这美术家方才佩服罗丹的写实的手腕，就去报告美术展览会的评判员，为罗丹剖白。于是巴黎的美术家大家赞叹罗丹的技术，称崇他为大雕刻家。罗丹从此闻名于世间了。他继续做出许多杰作，例如《黄铜时代》《青铜时代》《接吻》等，是被世间赏识的名作。罗丹是写实派的大雕刻家。写实派的美术家，都爱好自然。罗丹晚年性情愈加温和而谦虚，对于自然的爱好愈加深切。他觉得自然界一草一木都是神明所造的最美的作品。人类的手腕决定造不出这样美的东西。故美术家必须忠实地取法自然，以自然为师。他曾经这样说："自然界一切都美丽而圆满了。倘神明问我，'自然界要修改什么呢？'我准定回答他，'神！请勿修改，这样恰到好处！'"

现在学校中练习写生画的人，往往不肯仔细观察自然而作忠实的写生。听了罗丹的话，应该有所觉悟。你们须用很谦虚的态度，很明净的眼睛，忠实地描写自然的姿态。假如描两个苹果，倘因这是平常见惯的水果，而看轻它，不肯仔细观察描写，便是态度不谦虚。倘心生杂念，联想苹果的价钱和滋味等，因而看不出眼前的苹果的真相，便是眼睛不明净。学习写生的人，应该勉励这两件事。

# 谈　像[1]

"画得像",就是"画得好"么?思虑疏忽的人都说"然"。其实不然。画得好不好,不仅在乎像不像。"像"固然是图画上一要点,但图画上还有比"像"更重大的要点,不可以不知道。

现在先讲几个关于"像"的故事给大家听听,然后再说出我的理由来。

从前希腊有两位画家,一位名叫宙克西斯(Zeuxis)[2],还有一位名叫帕拉休斯(Parrhasius)[3],都是耶稣纪元以前的人。他们的作品已经不传,只有一个故事传诵于后世:这两位画家的画,都画得很像,在雅典的画坛上齐名并立。有一天,两人各拿出自己的杰作

---

[1] 本文作于1929年9月,曾发表于《中学生》杂志。
[2] 原文译为才乌克西斯。活动于公元前5世纪前后。赫拉克勒斯城(意大利)的画师之一,代表作有《特洛伊的海伦》《妈人与其幼崽》。
[3] 原文译为巴尔哈西乌斯。活动于公元前5世纪前后。古希腊以弗所的画师之一,主要在雅典从事创作。最著名的作品是《雅典人》。

来，在雅典的市民面前比赛技术，看是孰高孰下。全市的美术爱好者大家到场，来看两大画家的比赛。只见宙克西斯先上台，他手中挟一幅画，外面用袱布包着。他在公众前把袱布解开，拿出画来。画中描的是一个小孩子，头上顶一篮葡萄，站在田野中。那孩子同活人一样，眼睛似乎会动的。但上面的葡萄描得更好，在阳光下望去，竟颗颗凌空，汁水都榨得出似的。公众正在拍手喝彩，忽然天空中飞下两只鸟来，向画中的葡萄啄了几下，又惊飞去，这是因为他的葡萄描得太像，天空中的鸟竟上了他的当，以为是真的葡萄，故飞下来啄食，于是观者中又起了一阵更热烈的拍掌和喝彩的声音。宙克西斯的画既已受了公众的激赏，他就满怀得意地走下台来。请帕拉休斯上台献画。在观者心中想来，帕拉休斯一定比不上宙克西斯，哪有比这幅葡萄更像的画呢？他们看见帕拉休斯挟了包着的画，缓缓地踱上台来，就代他担忧。帕拉休斯却笑嘻嘻地走上台来，把画倚在壁上了，对观者闲眺。观者急于要看他的画，拍着手齐声叫道："快把袱包解开来呀！"帕拉休斯把手叉在腰际，并不去解袱包，仍是笑嘻嘻地向观者闲眺。观者不耐烦了，大家立起身来狂呼："画家！快把袱包解开，拿出你的杰作来同他比赛呀！"帕拉休斯指着他的画说道："我的画并没有袱包，早已摆在诸君的眼前了。请看！"观者仔细观察，才知道他所描的是一个袱包，他所拿上来的正是他的画，并不另有袱包。因为画得太像，观者的数千百双眼睛都受了他的骗，以为是真的袱包。于是大家叹服帕拉休斯的技术，说他比宙克西斯更高。

中国画界中也有关于画得像的逸话，也讲一个给大家听听：我国六朝时代的顾恺之，据画史逸闻所说，人物画也画得极像。有一天，他从外归家，偶然看见邻家的女子站在门内，相貌姣好。他到了家，就走进画室，立刻画了一个追想的肖像，把画挂在墙上，用针钉住了画中人的心窝。邻家的女子忽然心痛起来，百方求医，都无效果。后来察知了是隔壁的画家的恶戏，女子的父亲就亲来顾家乞情，请他拔去了针，女子的心痛立刻止了。这是因为顾恺之的画画得太像了，竟有这般神奇的影响。

读者听了这种故事，一定笑为荒诞。不错，逸话总不免有些荒诞，但这无非是要极言画家的画得像。其实虽不可尽信，其道理却是可信的。诸君听了这些话，心中做何感想？画得像是否可贵的？画的主要目的，画的好坏的标准，只在像不像，抑另有所在？一般人都误以为画以肖似为贵，画的好坏的标准就在肖似。但我们应该晓得其另有所在。

绘画的主要的目的，绘画的好坏的标准，说起来很长，其最重要的第一点，可说是在于"悦目"。何谓悦目？就是使我们的眼睛感到快美。绘画是平面空间艺术，是视觉艺术。故作画，就是把自然界中有美丽的形与美丽的色彩的事物，巧妙地装配在平面的空间中。有美的形状与美的色彩的事物，不是在无论什么时候无论什么地方常常是美的。故必须把它巧妙地装配，才成为美的绘画。水果摊头上有许多苹果、桔子，然而我们对于水果摊头不容易发生美

顾恺之作品《洛神赋图》（局部）（宋摹本）

我国六朝时代的顾恺之,据画史逸闻所说,人物画也画得极像。

感。买了三四只回家，供在盆子里，放在窗下的茶几上的盘中，其形状色彩就显出美来了。又如市街嘈杂而又纷乱，并不足以引起我们的美感，但我们从电车的窗格子中，常常可以看见一幅配合极美好的市街风景图。由此可知使我们的眼睛感到美的，不限定某物，无论什么东西都有美化的可能。又可知美不在乎物的性质上，而在乎物的配合的形式上。故倘用绘画的眼光看来，雕栏画栋的厅堂，往往不能使人起美感，而茅舍草屋，有时反给人以快美的印象。绘画是自然界的美形、美色的平面的表现，又不是博物挂图，不是照相。绘画是使人的眼感到快美，不是教人某种知识，不是对人说理。由此可知肖似不是绘画的主要目的，不是绘画好坏的标准。因为肖似是模仿自然物，是冒充真物，真物不一定是美的，故可知求肖似不是求美，不是求悦目，与绘画的目的分属两途。诸君大家见过那种蜡细工或火漆细工么？模仿苹果、香蕉、橄榄、杨梅、辣椒、枣子，完全与真物无异（有一个人曾经被别人作弄，误咀火漆橄榄）。然而这等不能说是艺术品。做这等东西的人，不能称为艺术家。庸愚的人误认这等为美术，有识者看见了，至多觉得稀奇而已，却说不上美。然而绘画并非绝对不要肖似自然物。绘画既然以自然界事物为题材，自然不能不模仿自然。不过要晓得：这模仿不是绘画的主要目的，绘画中所描写出的自然物，不是真的自然物的照样的模仿，而是经过"变形"，经过"美化"后的自然物。所以要"变形"要"美化"者，就是为了要使之"悦目"。故绘画是美的形与色的创造，是主观的心的表现，故绘画是"创作"。

故在绘画上，专求肖似的写实，是低级的，因为它不能使人悦目。近代法国的写实派大家米勒的画，从某部分看来，似乎逼真得同照相一样，然其形，其线，其构图（即图中的巧妙的装配）充溢着美的感情。这点就是所谓"变形"，所谓"美化"。这实在是我们练习作图的最模范的榜样。

人们赞美好的风景时，说"如画"；赞美好的绘画时，说"如生"。这两句话是矛盾的。究竟如何解释？请读者思量一下。

精神文化的折射

伍

## 李叔同先生的文艺观
—— 先器识而后文艺

李叔同先生,即后来在杭州虎跑寺出家为僧的弘一法师,是中国近代文艺的先驱者。早在五十年前,他首先留学日本,把现代的话剧、油画和钢琴音乐介绍到中国来。中国的话剧、油画和钢琴音乐,是从李先生开始的。他富有文艺才能,除上述三种艺术外,又精书法,工金石(现在西湖西泠印社石壁里有"叔同印藏"),长于文章诗词。文艺的园地,差不多被他走遍了。一般人因为他后来做和尚,不大注意他的文艺。今年是李先生逝世十五周年纪念,又是中国话剧五十周年纪念,我追慕他的文艺观,略谈如下:

李先生出家之后,别的文艺都屏除,只有对书法和金石不能忘情。他常常用精妙的笔法来写经文佛号,盖上精妙的图章。有少数图章是自己刻的,有许多图章是他所赞善的金石家许霏(晦庐)刻的。他在致晦庐的信中说:

晦庐居士主席:
惠书诵悉。诸荷护念,感谢无已。朽人剃染已来二十余年，于文艺不复措意。世典亦云："士先器识而后文艺"，况乎出家离俗之侣；朽人昔尝诫人云："应使文艺以人传，不可人以文艺传"，即此义也。承刊三印，古穆可喜，至用感谢……（见林子青编《弘一大师年谱》第205页）

这正是李先生文艺观的自述，"先器识而后文艺""应使文艺以人传，不可人以文艺传"，正是李先生的文艺观。四十年前，我是李先生在杭州师范任教时的学生，曾经在五年间受他的文艺教育，现在我要回忆往昔。李先生虽然是一个演话剧、画油画、弹钢琴，作文、吟诗、填词、写字、刻图章的人，但在杭州师范的宿舍（即今贡院杭州一中）里的案头，常常放着一册《人谱》（明·刘宗周著，书中列举古来许多贤人的嘉言懿行，凡数百条）。这书的封面上，李先生亲手写着"身体力行"四个字，每个字旁加一个红圈，我每次到他房间里去，总看见案头的一角放着这册书。当时我年幼无知，心里觉得奇怪，李先生专精西洋艺术，为什么看这些陈猫古老鼠，而且把它放在座右，后来李先生当了我们的级任教师，有一次叫我们几个人到他房间里去谈话，他翻开这册《人谱》来指出一节给我们看。

唐初，王（勃）、杨、卢、骆皆以文章有盛名，人皆期许其贵显，裴行俭见之，曰：士之致远者，当先器识而后文艺。勃等虽有文章，而浮躁浅露，岂享爵禄之器耶……（见《人谱》卷五，这一节是节录《唐书·裴行俭传》的）

他红着脸,吃着口(李先生是不善讲话的),把"先器识而后文艺"的意义讲解给我们听,并且说明这里的"显贵"和"享爵禄"不可呆板地解释为做官,应该解释为道德高尚、人格伟大的意思。"先器识而后文艺",译为现代话,大约是"首重人格修养,次重文艺学习",更具体地说:"要做一个好文艺家,必先做一个好人。"可见李先生平日致力于演剧、绘画、音乐、文学等文艺修养,同时更致力于"器识"修养。他认为一个文艺家倘没有"器识",无论技术何等精通熟练,亦不足道,所以他常诫人"应使文艺以人传,不可人以文艺传"。我那时正热衷于油画和钢琴技术,这一天听了他这番话,心里好比新开了一个明窗,真是胜读十年书。从此我对李先生更加崇敬了。后来李先生在出家前夕把这册《人谱》连同别的书送给我。我一直把它保藏在缘缘堂中,直到抗战时被炮火所毁。我避难入川,偶在成都旧摊上看到一部《人谱》,我就买了,直到现在还保存在我的书架上,不过上面没有加红圈的"身体力行"四个字了。

李先生因为有这样的文艺观,所以他富有爱国心,一向关心祖国。孙中山先生辛亥革命成功的时候,李先生(那时已在杭州师范任教)填一曲慷慨激昂的《满江红》,以志庆喜:

> 皎皎昆仑山顶月,有人长啸。看囊底宝刀如雪,恩仇多少!双手裂开鼷鼠胆,寸金铸出民权脑。算此生不负是男儿,头颅好。

丰子恺作品

《弘一大师遗像》

原图题字为：先师弘一大师住世之日，与闽僧广洽法师缘谊最深，曾约余来闽相见，以缘悭未果。戊子之冬，余从台湾来厦门，适广洽法师亦由星嘉坡返闽南，相见甚欢，而大师已于五年前往生西方。余见广洽，如见大师。临歧写大师遗像赠广洽师，即请于星洲[1]萝卜院供养，以志永恒之追思。

丰子恺客厦门

---

1　星洲，与前"星嘉坡"均为新加坡旧称。

# 弘一大師遺像

先師弘一大師住世之日與閩僧廣洽法師緣誼最深曾約余來閩相見以緣慳未果戊子之冬余從臺灣來廈門適廣洽法師亦由星嘉坡返閩南相見甚歡而大師已於五年前往生西方余見廣洽如見大師臨歧寫大師遺像贈廣洽師即請於星洲蘿蔔院供養以志永恆之追思

豐子愷客廈門

荆轲墓，咸阳道。聂政死，尸骸暴。尽大江东去，余情还绕。魂魄化成精卫鸟，血花溅作红心草。看从今一担好河山，英雄造。（见《弘一大师年谱》第三十九页）

李先生这样热烈地庆喜河山的光复，后来怎么舍得抛弃这"一担好河山"而遁入空门呢？我想，这也仿佛是屈原为了楚王无道而忧国自沉吧！假定李先生在"灵山胜会"上和屈原相见，我想一定拈花相视而笑。

一九五七年清明过后

## 乡愁与艺术[1]
### ——对一个南洋华侨学生的谈话

你现在是到你的故乡来读书。然而你又像到异邦,不但离家数千里,举目无亲,而且连故乡的气候、风土、人情,都不惯于你。这是何等奇怪的情形!我想,身处这样的地位的你,有时心中一定生起异常的感觉。这异常的感觉之中,我想一定会有一种悲哀。这种悲哀,叫作"乡愁"。乡愁,就是你侨居在异土,而心中怀念你的祖国时所起的一种悲哀。实际上,在南洋有你的家庭,又是你的生地,环境又都适合于你;上海没有你的戚族,又是你初次远游到的地方,温带的气候,江南的风俗人情,又都不适合于你。然而那边是外国,这里是你的故乡。所以你如果有乡愁,你的乡愁一定与我从前旅居日本时的乡愁性质不同,你的比我的更复杂而奇离。我是犹之到朋友亲戚家做客,你是,犹之送给人家做干儿子了。此地是你的真的娘家,现在你是暂时回娘家来,但你已不认识你的母亲,心中想着:"这是我的生母,但是我为什么对她这样陌生呢?"像你的年纪,一定已经有这种"乡愁"的经验的可能了。

---

[1] 本文曾载于南洋日报馆于1929年10月编印的《椰子集》。

乡愁，nostalgia，这个名词实在是很美丽。这是一种Sweet sorrow（甘美的愁）。世上有一种人，叫作cosmopolitan，即世界人。想起来这大概是"到处为家"的意义。到处为家，随遇而安，也有一种趣味，也是一种处世的态度。但是乡愁也是有趣的，也是一种自然而美丽的心境。尤其是像你那种性质的乡愁，趣味更为深远。凡人的思想，浅狭的时候，所及的只是切身的，或距身不远的时间与空间；越深长起来，则所及的时间空间的范围越大。例如小孩，或愚人，头脑简单，故只知目前与现在；智慧的大人有深长的思想，故有世界的与永劫的眼光。你在南洋的家中，衣丰食足，常是团圆的欢喜的日子，平日固然不会发生什么"愁"；但如果你的思想深长起来，想到你的一生的来源的时候，你就至少要想一想"中国"了。"我是中国人，我的血管里全是中国人的血，同我周围的人的血管是不相通的。"如果这样想的时候，幽而美的乡愁就来袭你的心了。

我告诉你：我的赞美乡愁，不是空想的，不是狂文学的（rhapsodic），不是故意来慰安你，更不是讨好你。幽深的、微妙的心情，往往发而为出色的艺术，这是实在的事情。例如自来的大艺术家，大都是怀抱一种郁勃的心情的。这种郁勃的心情，混统地说起来，大概是对于人生根本的、对于宇宙的疑问。表面地说起来，有的恼于失恋，有的恼于不幸。历来许多的艺术家，尤其是音乐家、诗人，其生平都有些不如意的苦闷，或颠倒的生活。我可以讲两个怀乡愁病的艺术家的话给你听。就是英国拉斐尔前派的首领画家罗赛蒂，及浪漫派音乐大家肖邦的事。

十九世纪欧洲的画界里，新起的同时有两派：一是叫印象派，你大概是听见过的，还有一派叫作"拉斐尔前派（Pre-Raphaelite Brotherhood）"，虽然在近代艺术上的地位不及印象派重要，然而是与印象派同时并起的两个画派，为十九世纪新艺术的两面。不过因为印象派艺术略占一点势力，能延续维持其旗帜，拉斐尔前派范围狭小一点，只是在英国作短期间的活动就消灭。然讲到艺术的价值，其实拉斐尔前派也是很有基础的。罗赛蒂（Dante Gabriel Rossetti,1828—1882）[1]，就是这画派的首领画家。他的艺术的特色，是绘画中的诗趣与情趣的丰富，他的杰作有《陪亚德利兼的梦》（Beatrice's Dream，见但丁《神曲》）、《浮在水上的渥斐利亚》（Ophelia，见莎翁剧）[2]，大多数的杰作是描写文字中的光景的。记得《小说月报》上曾登载过罗赛蒂的作品的照相版的插画，好像《陪亚德利兼的梦》也是在内的。你大概看见过。你如果对于这样的画感到兴味，我劝你再去找《小说月报》来翻翻看。这是乡愁病者的画！罗赛蒂是个怀乡愁的人。他的乡愁，产生他这种华丽的浪漫主义的艺术。

---

1　其作品注重装饰主义，执着于象征诗意的表现手法。
2　此处疑为丰子恺先生记忆错误。著名油画《浮在水上的渥斐利亚》（今多译为《水中的奥菲利亚》或《奥菲利亚》）实为另一拉斐尔前派创始人约翰·埃弗里特·米莱斯之作。

罗赛蒂作品《陪亚德利兼的梦》(今多译为《贝娅塔·贝娅特丽丝》)

罗赛蒂的艺术的特色,是绘画中的诗趣与情趣的丰富。

罗赛蒂，大家晓得他是英国人，而且是有名的英国诗人，兼画家。照理，英国是产生gentleman（绅士）的保守国，不该生出这样热情的、浪漫的罗赛蒂。是的，英国确是不会产生罗赛蒂的；罗赛蒂并不是英国人，稍稍仔细一点的人，大概从他的姓Rossetti的拼法上可以看出他不是英国人。原来他的父亲是意大利的狂诗人，亡命到英国。他的母亲是北欧女子。他的血管里，全没有英吉利人的血，所以他的性格也全非英吉利的血统。他的性格，是热情的南欧与阴郁的北欧的混合。秉持这性质而生在英吉利的环境中，在他胸中就笼罩起一种"乡愁"来。英吉利的生活，是酿成他的怀古的、幻想的乡愁的。倘使他没有这种不可抑制的乡愁，他的浪漫主义一定不会有这样的实感。这是最著名的乡愁的艺术家之一人。

还有一个大家都晓得乡愁的艺术家，是音乐家肖邦（Chopin）。肖邦是近代的所谓法国式浪漫乐派的九大家之一。他是钢琴名手，俄国大音乐家鲁宾斯坦因曾赞他为"钢琴诗人"。他的作曲非常富于美丽的热情，其情思的缠绵悱恻、委曲流丽，有女性的气质。他所最多作的乐曲，是所谓"夜曲（nocturne）"，一种西洋乐曲名，用钢琴或小提琴奏（详见我所著《音乐的常识》）。其次是"玛祖卡（mazurka）""波洛涅兹（polonaise）"舞曲等。现在上海的各乐器店内，均有肖邦的作曲出售，懂得一点弹钢琴的人，大概都能弹肖邦的夜曲。故你们听到"夜曲"，便联想到它的作者肖邦，好像夜曲是肖邦所专有的了。

"夜曲",即使你没有听到过,但看字面,也可猜谅这种乐曲的情趣。"夜"的曲,总是"幽"的、"静"的、"美丽"的、"热情"的、"感伤"的。肖邦何以专作这样幽静的、美丽的、热情的、感伤的音乐呢?也是乡愁的力所使然的!

大家晓得肖邦是生于法国的,平日是漂泊在柏林、巴黎的。独不知他的父亲虽是法国人,但他的母亲是波兰人。波兰是已经亡国了的。故肖邦的血管里,是热情的法兰西系与亡国的哀愁的波兰系的交流。生活在法兰西,以法兰西人为父亲,而又具有波兰人的血统、波兰人的气质。以波兰人为母亲,就使他感念自己的身世,酿成许多乡愁的块垒在胸中,发泄而为那种幽美的、热情的、感伤的音乐。

肖邦是钢琴大家,西洋音乐界上自出了十八世纪的音乐救世主巴赫(Bach)以后,从未有像肖邦的理解钢琴的人。所以他有"钢琴诗人"的誉称,又被称为"钢琴之魂"。肖邦苦于失恋,死于肺病,生涯如此多样,故作风亦全是美丽的感情的。他平生多忧善病,故作品中有女性的情调。他又有贵族的性格,在作品中也时时现出一种贵族的delicacy(纤雅)。故他的作品,可说全是性格的照样的反映。他的作曲,一方面温厚、正大、充满诗趣,他方面其旋律句又都有勾引人心的魔力。你可惜没有听到过他的作曲。你听起来,我想你的心一定被勾引,如果你胸中也怀着一种甘美的乡愁。

这两个艺术家,可称为"乡愁的艺术家"。我所谓乡愁发泄于艺术上的,就是指这种人。但是"乡愁"两字,又不可不再加注解一下。

第一，我赞美所谓乡愁，不是说有了愁便可创作艺术，也不是教你学愁。所谓乡愁，其实并非实际地企求归复故乡而不得，而发生的愁。这是一种渺然的、淡然的，不知不觉地笼罩人心的愁绪。换个说法，凡衣食丰足的幸福者，必感情少刺激，生活平易；处于漂泊的境遇的人，往往多生感触，感触多则生愁绪。这种愁，宁可说是一种无端的愁、无名的愁（nameless sorrow），即所谓"忧来无方""愁来无路"，不是认真企图返故乡、归祖国而不得的愁。如果是认真企图返故乡、归祖国而不得的愁，那就切于现实，与商人图利不得、兵官出仗不胜的懊恼同样，全无诗趣，更不甘美了。

第二，我赞美乡愁，不是鼓吹"女性化"，提倡"柔弱温顺"。凡真是"优美"的，同时必又是"严肃""有力"的。否则这"优美"就变成偏缺的"柔弱"，是不健全的了。乡愁，尤其是像肖邦的态度，表面看来似乎是偏于"柔弱""阴涩"的，"女性化"的，其实并非这样简单。肖邦的作曲，越听来一面"优美纤雅"，一面又"温厚""正大"，绝不是"弱"的、"晦"的之谓。只要看"夜曲"的夜，即大自然的夜，就可明白了。我们对于昼夜，自然感情不同，但绝不是昼阳的、夜阴的，昼明的、夜晦的，昼强的、夜弱的，昼严的、夜宽的，昼男性的、夜女性的。昼明夜晦，全是表面的看法。在人——尤其是富于情感的人——的感情上，夜有夜的阳处、夜的明处、夜的强处、夜的严处、夜的男性处。肖邦的气质，便与"夜"同样。我所赞美的乡愁，也并非单是教人效"儿女依依"之态。人的感情，其实刚中有柔，柔中有刚。英雄的一面是儿女，儿女的一面是英雄。

所以我的对你赞美乡愁，不是说"你是离祖国客居南洋的，应该愁！"也不是说，"你是个漂泊身世，应该效儿女的镇日悲愁！"

你是欢喜音乐的，我再拿音乐的话来为你说说。

美国，大家晓得是一百多年前哥伦布发现了新大陆的美洲，由欧洲殖民而成的。美国是"乡愁之国"。他们虽然移居美洲已经百余年了，然静静回想的时候，欧洲总是他们的祖国，故乡，他们是客居在美洲的异域的。大家都晓得美国是materialist的"产地"，即实利主义者的"产地"。在上海的美国人，都是商店的"老板"，即所谓shopkeepers。说也奇怪，这等孜孜为利的老板们的一面，是乡愁者。何以晓得呢？看他们的音乐就可以知道。

美国是新造国，什么都没有坚固的建设，音乐也如此。美国没有大音乐家，除比较有名的麦克道惠尔（Mcdowell）以外。然而美国的音乐有一种特色，即其民谣的美丽。且其美丽都是乡愁的美丽，在歌词上，在旋律上，均可以明明看出。我已经教你们唱过的美国民谣中，已经有三首，即 *Old Folks at Home*（《故乡的亲人》），*Massa's In The Cold, Cold Ground*（《马萨在冰冷的地中》），*My Old Kentucky Home*（《我的肯塔基故乡》）。前面两曲，乡愁的色彩更为浓重。

我们试把前两首及 *Dixie Land*（《迪克西》）的歌谱，举在下面。

伍 | 精神文化的折射

## Old Folks at Home

D调 4/4

3 - 2 1 3 2 | 1 i 6 i · |
'Way down up-on the Swa- nee Ri- ver,
All up and down de whole cre- a-tion,

5 - 3 1 | 2 - · 0 | 3 - 2 1 3 2 |
Far, far a- way, Dere's wha my heart is
Sad- ly I roam, Still long-ing for de

1 i 6 i · | 5 3 · 1 2 2 · 2 | 1 - · 0 ‖
turn-ing ev-er, Dere's wha de old folks stay.
old plan-ta-tion, And for de old folks at home.

**副歌**

7 · i 2 5 | 5 · 6 5 i | i 6 4 6 |
All de world is sad and drear-y, Ev-'ry-where I

5 - · 0 | 3 - 2 1 3 2 | 1 i 6 i · |
roam; Oh！dark-ies how my heart grows wear-y,

5 3 · 1 2 2 · 2 | 1 - · 0 ‖
Far from de old folks at home.

## Massa's in de Cold, Cold Ground

D调 4/4

5·  6 5 3 2 1 | i - 6  0 6 |
Round de mead-ows am a- ring- ing De

5  3  3· 1 | 2 -·0 | 5· 6 5  3 2 1 |
dark-ies'mourn-ful song,- While de mock-ing bird am

i - 6 0 | 6 5 3 1 3 2 | 1 -·0 |
sing- ing, Hap-py as de day am long,—

5·  6 5 3 2 1 | i - 6 0 | 5· 3 3 1 |
Where dei-vy am a- creep-ing O'er de grass-y

2 -·0 | 5· 6 5 3 2 1 | i - 6 0 |
mound,— Dar old Mas-sa am a- sleep-ing,

6  5 3 1 3 2 | 1 -·0 | i - 7 6 |
sleep-ing in de cold, cold ground. Down in de

5 - 3 0 | 6 5 3 1 | 2 -·0 |
corn-field, Hear dat mourn-ful sound;

5·  6 5  3 2 1 | i - 6 0 |
All de dark-ies am a- weep- ing,

6  5 3 1 3 2 | 1 - · 0 ‖
Mas-sa's in de cold, cold ground.

伍 | 精神文化的折射

## Dixie Land

C调 2/4

I wish I was in the land ob cot-ton,
Old times dar am not for-got-ten, Look a-way! Look a-
way! Look a-way! Dix-ie Land. In
Dix-ie Land whar' I was born in, Ear-ly on one
frost-y mornin', Look a-way! Look a-way! Look a-

合唱

way! Dix-ie Land. Den I wish I was in
Dix-ie, Hoo-ray! Hoo-ray! In Dix-ie Land, I'll
take my stand to lib and die in Dix-ie; A-
way, a-way, A-way down south in Dix-ie; A-
way, A-way, A-way down south in Dix-ie.

我们来回想回想看：*Old Folks at Home* 的旋律，充满着"怨慕""愁诉"的情调。在 refrain（副歌）之处，突然兴奋，正是高潮。之后的继以静寂，又何等"感伤"的。在歌词上，所谓 My heart is turning ever（我的心永远向往），所谓 All the world is sad and dreary（全世界都是悲哀与恐怖），所谓 Far from the old folks at home（远离旧家），明明是乡愁的诉述。这是何等美丽的情调！我每唱到或弹到这曲的时候，总被惹起无限的辛酸。

《马萨在冰冷的地中》一曲，词句上虽然只是吊马萨之死，没有明明表示出乡愁的意思，然旋律的"静美""哀艳"，实与前曲同而不同。同的是怀乡的哀情，不同的是前者为"愁诉"的，后者为"抒情"的。

美国的民谣都是这类的么？倒并不然。说也奇怪，美国一面有这样"哀艳""静美"的音乐，他面又有非常"雄壮""堂堂威武"的音乐。例如 *Hail Columbia*（《欢呼哥伦比亚》）、*Star-Spangled Banner*（《星条旗》）、*Dixie Land* 等便是。最后一曲，是我曾经教你们唱的。

*Dixie Land* 一曲，拍子非常急速，音域很广，旋律进行的步骤多跳跃，这等都是"雄大"的条件。就歌词上看，也不复有像前二曲的心情描写，而只是勇往奋进的希望，祈愿。无论旋律与歌词，都与前二曲处完全反对的地位。这实在是美国音乐上很有趣的一种

特色，也恐是殖民国的特色吧。

美国是殖民之国，是乡愁之国，然而其人一方面有去国怀乡的情感，他方面又有勇往直前的壮气和孜孜于商业实业的工夫。无论这等是好，是坏，仅这"多样"的一点，已是可以使人佩服的了。这更可以证明乡愁这种感情，不是"柔弱""懦怯"的。

南洋侨胞是"侨民"，不像美国人的是"殖民"。然无论侨民、殖民，其去祖国而客居别的土地的一点是相同的。我现在为你说美国人的音乐，却偶然变成了很对题的话，真怪有意思呢！

于上海江湾立达学园

# 理法与情趣[1]

昨夜我抱着两个疑问而睡觉。第一,吹口琴时,就用某音左面的几个音作为某音的伴奏,为什么都很调和?第二,《松柏凌霜竹耐寒》的乐曲这样短小,这样简单,这样缓慢,这样平易,为什么反比那种长大、复杂、急速、困难的乐曲更加好听?今天起身后,我本想就去质问陆先生和爸爸。可是他们一早就出门,直到晚上才回来。陆先生没有放下史的克[2],我就把第一个问题问他。他把我的问句顺了两遍:"为什么都很调和,为什么都很调和?"然后笑着对我说:"如金,你这样欢喜研究,倒很难得!"

姐姐对我说:"弟弟专门'截树拔根'[3],陆先生刚才回来,怎么就拉住他教乐理呢?"

---

1　本文曾载于1937年2月25日《新少年》第3卷第4期,为前述"少年音乐故事"中的一则。
2　史的克,英文 stick 的译音,意为手杖。
3　意为打破砂锅问到底。

陆先生对姐姐笑着说:"逢春到底是中学生了,这样会得客气!我知道你欢喜美术,我曾经看过你去年的美术日记,写得很好!"他一面脱大衣,一面对我说:"'截树拔根'就是富有研究心呀!伴奏为什么都很调和?这确是一个有意思的质问。但这个问题要请你的研究艺术理论的爸爸来解答才行。"他又对爸爸说:"为什么都很调和?请你说明吧,我也要听听呢。"

爸爸说:"有你老兄的著作在这里,我可以根据你的著作来说明。"

爸爸和陆先生休息了一下,叫我和姐姐到书房间里,翻出《口琴吹奏法》里一幅图来指给我们看,说道:"你们先认清楚口琴上各音的位置。"我但见那幅图画得很清楚:

廿一孔口琴上音阶位置图

| 吸 | 7 | 2 | 6 | 7 | 2 | 4 | 6 | 7 | 2 | 4 | 6 | 吸 |
| 吹 |   | 1 | 3 | 5 | 1 | 3 | 5 | 1 | 3 | 5 | 1 | 吹 |

爸爸找一张纸和一支铅笔,对我们说道:"认清了口琴上各音的位置,然后再来讲'和弦'。好几个音一同奏出,叫作'和弦'。最常用的和弦,是由三个音同奏的,叫作'三和弦'。口琴上用作伴奏的,大多数是三和弦。所以我们先要研究三和弦。三和弦共有七种,音阶的每一个音上都可造起一个三和弦来。"他用铅笔在纸上写出这样一个表来:

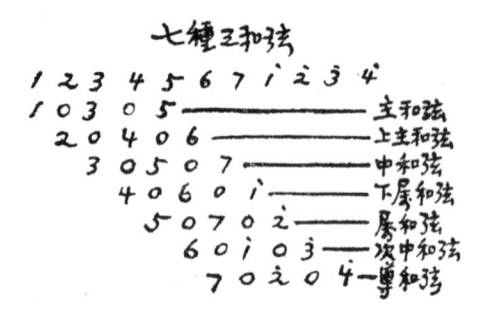

```
七種三和弦
 1 2 3 4 5 6 7 1̇ 2̇ 3̇ 4̇
 1 0 3 0 5 ——————— 主和弦
   2 0 4 0 6 ——————— 上主和弦
     3 0 5 0 7 ——————— 中和弦
       4 0 6 0 1̇ ——————— 下屬和弦
         5 0 7 0 2̇ ——————— 屬和弦
           6 0 1̇ 0 3̇ ——————— 次中和弦
             7 0 2̇ 0 4̇ ——————— 導和弦
```

一边说道："陆先生教你们吹伴奏，不是说嘴巴要含住五个洞么？譬如含住１２３４５五个洞，吹起来，只有１３５三个字发音。这就是'主三和弦'，因为它是以主音为根据的。向右推移一洞，含住２３４５６五个洞，吸起来，只有２４６三个字发音。这就是'上主和弦'，因为它是以上主音为根据的……这七种三和弦，在音乐上是最常用的。每一个和弦中的三个字，前后次序不妨变换，所以口琴上凡是吹出的和弦，都是'主三和弦'。你看！"他用铅笔在《口琴吹奏法》上"廿一孔口琴上音阶位置图"的下方画八个括弧，再把它们总括起来，写上"主和弦"三字，下面又写一个较大的"佳"字，说道："主和弦都是很调和的，故佳。"

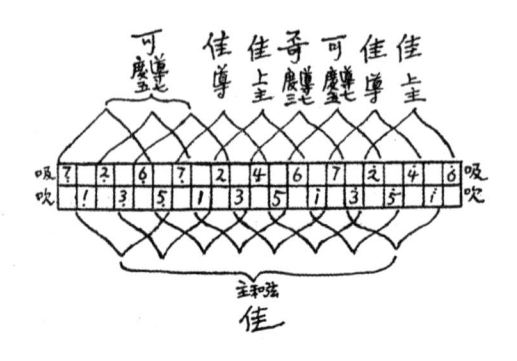

然后他用铅笔指着上面一排吸的音说道："这一排音就比较复杂了！我们非先讲'七和弦'不可；什么叫作七和弦？三和弦的上方再加一个字，譬如１３５再加一个７字，便成１３５７，２４６再加一个$\dot{1}$字，使成２４６$\dot{1}$，即成七和弦。因为从１到７，从２到$\dot{1}$都是七度，所以叫作七和弦。七和弦也有七种，然比三和弦少用。其中较常用的只两种：即属音上的$\underset{.}{5}$７２４（叫作正七和弦）和导音上的$\underset{.}{7}$２４６（叫作导七和弦）。其余的都称为副七和弦，都是不调和的，更难得用，在口琴上可以不讲。在口琴上，我们只要知道一种'导七和弦'，即$\underset{.}{7}$２４６；还要知道导七和弦的第五度音（即４）可以废除，其余的都不可省。"于是他用铅笔在图的上方又画三只括弧，继续说道："你看：这三个和弦都由$\underset{.}{7}$２６三个音造成，即由导七和弦（$\underset{.}{7}$２４６）废除了第五度音（４）而成的，故可。"他把这三个括弧总括起来，写上"导七废五"四字，上面又写一个较大的"可"字。然后向右继续画括弧，一边写，一边说道："７２４是导和弦，佳；２４６是上主和弦，佳；４６７是$\underset{.}{7}$２４６（导七和弦）废除第三度音而成的，不可。以下的三种都好。"他把图转向我，暂时不说下去，仿佛要等我嚼碎吞下了再喂给我吃似的。

我有些头晕。幸而陆先生为我按图再讲一遍，我方才了解。原来口琴伴奏所用的和弦，下面吹的一排都是"佳"的主三和弦，毫无问题。上面吸的一排中有四个是"佳"的三和弦，也无问题。还有五个是导七和弦，其中四个"可"，无问题；但有一个"不可"，怎么办呢？于是我问："不可就是不调和，为什么我听不出呢？"

爸爸欣然地答道："因为这是7字的伴奏，7字不独立，且不常用，所以使你不容易听出。原来口琴这乐器，因为构造太简小，不免有小小的缺陷，然而并无妨碍。倘使上了陆先生的神妙的嘴，这个'不可'的导七和弦非但会变成'可'，变成'佳'，竟会变成'妙'呢！哈哈！"

陆先生早已拿着口琴在手里弄，到这时候，似乎非把它塞进嘴里不可了。他说："好，不要再讲头痛的乐理了！天色将晚，让我吹一曲《暮色沉沉》给你们听吧。这也是又容易又好听的一曲，比昨天的《自励》还要好听。"曲没有奏动，姐姐已敏捷地在书中翻出这曲谱来，递给我看，她自己就和着口琴唱歌了：

## 海 滨

C 3/4

$\underline{5}$ | 3 − 2 | 1 − $\underline{5}$ | 7 − 6 | $\underline{5}$ − $\underline{5}$ |
暮　色　沉　沉，惊　涛　怒　鸣，水

1 − 1 | 2 − 2 | 3 − · | 3 0 $\underline{5}$ |
天　一　望　无　垠。　　　　远

3 − 2 | 1 − $\underline{5}$ | 7 − 6 | $\underline{5}$ − 1 |
帆　摇　白，新　苇　丛　青，一

6 − 2 | 1 − 7 | 1 − · | 1 0 |
钩　凉　月　初　生。

他们反复奏唱了好几遍。这时候天色已昏,电灯未开。窗际只见一片暮云,好比"水天一望无垠"。窗角上有一颗明星,不妨当它是"一钩凉月初生"。我想象自己立在海滨了,然后极度地展开了我的心,把清朗的琴音和圆润的歌声一字字地吸收到我的灵魂里去。我感到无上的愉快!

昨夜抱着睡觉的第二个疑问又涌上我的心头。奏毕,我不期地向陆先生立正,问道:"为什么这曲歌这样好听?"

他们都对我笑。姐姐指着我笑道:"弟弟又要'截树拔根'了!"他们笑得更厉害。但我因为不能够解决这多疑问几乎要哭出来,只管蹙紧眉头向陆先生立正着。爸爸走过来拉我的手,摸我的头发,温和地对我说:"如金,你发痴了!理法可以解说,情趣是不可解说的呀!情趣只能用心去感觉,犹如滋味只能用舌头去尝。假如我问你'糖为什么甜?'你能解说么?"

我恍然若有所悟。然而姆妈在外面喊着:"你们陪陆先生来吃夜饭"!

# 精神的粮食[1]

人生目的为何？从伦理的哲学的言之，要不外乎欲得理想的生活，亦即欲得快乐的生活。换言之，欲满足种种欲望。人欲有五：食欲、色欲、知欲、德欲、美欲是也。食色二欲为物质的，为人生根本二大欲。但人决不能仅此满足即止，必进而求其他精神的三大欲之满足。此为人生快乐的向上，向上不已，食色二欲中渐渐混入美欲，终于由美欲取代食色二欲，是为欲之升华。升华之极，轻物质而重精神。所欲有甚于生，人生即达于"不朽"之理想境域。故精神的粮食，有时更重于物质的粮食。浅而言之，儿童之求游戏有时甚于求食。囚犯之苦寂寞有时甚于饥寒。反之，废寝忘食，闻乐不知肉味，亦不独孔子为然，人皆有之，不过程度有差等耳。今人职业与事业不符者，苦痛万状。因职业只供物质的粮食，而不供精神的粮食也。

以艺术为粮，则造型美术如食物，诗文、音乐如饮料，演剧、

---

1　本文为1939年作者在浙江大学时所编的讲义"艺术教育"第14节内容。

舞蹈如盛筵。

于艺术中求五味，则闲适诗、纯绘画（图案、四君子等）、纯音乐（巴赫）等作品，注重形式，悦目赏心，其味如甜。记叙、描写、抒情之诗，史画、院画、诗画，描写乐、标题乐及歌曲，兼重内容，言之有物，其味如咸。讽喻诗、宣传画（poster）、漫画、军乐、战歌，动心忍性，其味如辣。感伤诗、浪漫画、哀乐、夜曲，清幽隽永，其味如酸。至于淫荡之诗、恶俗之画、靡靡之音，则令人呕吐，其味如臭矣。

# 艺术的眼光[1]

你一定在物理学中学过,人的眼睛望出去的线,叫作视线,视线一定是直线,不会弯曲的。

但这是科学上的说法。在艺术上,说法又不同。从艺术上看来,人的眼光,有时是直线,有时是曲线。人在幼年时代,眼光大都是直线的。年纪长大起来,眼光渐渐变成曲线。还有,人在研究艺术的时候,眼光大都是直线的。在别的(例如研究科学、经营生产等)时候,眼光就变成曲线。

你不相信这话吗?有事为证:譬如这窗前有一排房屋,两株苹果树,人在窗中眺望,眼光从眼球达到房屋上及苹果树上。这人倘是小孩,这眼光大都是直线,只射在房屋及苹果树的表面。他只看见屋顶的形状,墙的形状,窗的形状,树的形状以及它们的色彩。但倘这人是熟悉当地情形的成人,他的眼光射到了房屋及树上,便

---

[1] 本文原收录于《率真集》。

会弯曲起来。他的眼光弯进房屋里头,想见这是人家的住宅,里头住的是某先生某太太和他们的子女。有时他的眼光再转一个弯,弯进某先生的书橱里,想见他有许多古书,在今日是非常宝贵的。他的眼光还可弯弯曲曲地转到某先生的皮包里,以及他的办公处,甚至某太太的箱子里,以及她的娘家……

又如,这人正在研究艺术,要为窗前景物写生,他的眼光也只注射在房屋及苹果树的表面,只看见它们的形状、色彩和神态。但倘这人正在研究工程,他的眼光就会转弯,弯到房屋的木料上、构造上,以及价值上去。倘这人正在研究生物,他的眼光也会转弯,弯到苹果树的根茎枝叶上去。倘这人是木匠,他的眼光会弯到树干的质料上去。倘这人是水果店老板,他的眼光还会弯到未来的花和果子上去……

可见各人的眼光不同,有的作直线,有的作曲线。因此各人所见的也不同。眼光直的,看见物象本身的姿态。眼光曲的,看见物象的作用、对外的关系。前者真正叫作"看见",后者只能称为"想见"。

成人、研究科学的人、经营生产的人,看物象时都能"想见"其作用及因果关系,却往往疏忽了物象本身的姿态。反之,儿童及艺术家,看物象时不管它的内部性状及对外关系,却清清楚楚地看见了物象本身的姿态。

你得疑问：艺术家就同孩子们一样眼光吗？我郑重地答复你：艺术家在观察物象时，眼光的确同儿童的一样；不但如此，艺术家还要向儿童学习这天真烂漫的态度呢。所以从前欧洲的大诗人歌德（Goethe），被人称为"大儿童"。因为他一生天真烂漫，像儿童一样，才能做出许多好诗来。

但须知道，艺术家的眼光与儿童的眼光，有一点重要区别：即儿童的眼光常常是直线，不能弯曲。艺术家的眼光则能屈能伸。在观察物象研究艺术的时候，眼光同儿童一样笔直，但在处理日常生活的时候，眼光又会弯曲起来。这叫作能屈能伸。

譬如儿童看见月亮，说是一只银钩子。诗人也说"一钩新月挂梧桐"。儿童看见云，当它是山。诗人也说"青山断处借云连"。但儿童是真个把新月当作银钩子，有时会哭着要拿下来玩；真个把云当作山，有时会哭着要爬上去玩。艺术家则不然，他但把眼前景物如是描写，使它发生趣味，在人生中，趣味实在是一件重要的事体，如果没有趣味，件件事老老实实地、实实惠惠地做，生活就嫌枯燥。这也是人生需要艺术的原因之一。但这不是本文题内的话，暂不详说。

且说艺术的眼光，已如上述，是能屈能伸的。所谓屈，就是对付日常生活时所用的眼光，就是看见物象时"想见"其作用及关系，不必练习。至于伸，却是艺术研究时所专用的眼光，就是看见物象时不动思虑而仅是"看见"其本身姿态，倒是要练习的。若不练习，你的眼光被种种思虑所遮蔽，而看不清楚物象的本身姿态。

请举实例来证明这事：譬如一个人坐在凳子上，他的前面的桌子上，放着一册英语辞典，他拿起笔来为这辞典写生。这人倘是从来没有学过图画的人，描起来人都错误。错误在哪里呢？形状不正确！不是直线眼光所"看见"的本身姿态，而是曲线眼光所"想见"的非本身姿态，何以见得呢？因为他所画的书，书的面子很长，书的一端很低，表示了书面和书端的实际大小。例如这字典的面子长六寸，一端的厚二寸，他就取近于六和二的比例来描写，以致这字典不像横卧在桌上，却像直立在桌上，然而底下的一端又完全看见，便成了不合理的形状。这错误的原因，就在于"想"而不"看"。平日见惯这种字典，想见书面大于书端，就照所想的画出，便成错误。倘摒绝思索，用直线的眼光来"看"，便看见书面实际虽有六寸长，但横放在桌上，你坐着斜斜地望去，所"见"的很扁，不过三寸左右。书端垂直在桌面，你坐着望去仍是二寸厚。这样书面之长与书端之厚，其实相差不多，不过三与二之比而已。倘然桌子再高些，或者凳子再低些，那时所见的书面更小。甚至不满二寸，反比书端更小。

再举一例：倘使没有学过图画的人，你请他画一个人的脸孔，他一定画错。错在什么地方呢？大都错在眼睛画得太高。他先画个蛋形，在蛋形里头，在上方的三分之一处画眉毛眼睛，在下方的三分之一处画鼻头嘴巴，这就大错了。原来人的眼睛，一定生在头的二分之一处,即正中。从眼睛到头顶的距离,一定等于从眼睛到下巴的距离。没有学过图画的人,为什么错误呢?也是"想"而不"看"的缘故。他想:眼睛上面东西很少,只有不甚重要的两条眉毛,其余额骨和头发不足注意。而眼睛下面花样很多:鼻头是长长的,底下有两个洞,会流出鼻涕来。嘴巴会吃饭,又会讲话。有时上下还会生出胡须来。这样一想,就觉得眼睛以上很冷静,而以下很热闹。于是提起笔来,把眼睛高高地画在上方,就成了很可怕的面貌(读者诸君可试画画看)。倘然能摒绝思虑,用直线的眼光去观察脸孔的本身的姿态。就可发现前述的定规,眼睛的位置必定在头的正中。眼睛以上,花样虽少,地方却大。如果应用这眼光去看婴孩的头,更可知道,婴孩的眼睛生得非常之低,竟位在头的下方三分之一处。眼睛以上,脑壳很大,要占头的三分之二,眼睛以下,口鼻下巴都很小,只占头的三分之一。有一张宣传画,画丈夫去当兵,妻子背着婴孩种田,我看那婴孩,简直是一个小型的大人。那女人背着这样的一个怪物而种田,样子很可笑。看的人都说,"这孩子画得不像",但他们说不出不像的缘故来。其实缘故很简单,就只是两只眼睛画得太高了,画在比正中更高的地方,就画成一个"小大人"。只要把眼睛改低,改在头的下面三分之一的地方,就像一个可爱的婴孩了。

上面两实例,足证我们的眼光,常被思虑所惑乱。因而看不清楚物象本身的姿态。儿童思虑简单,最容易发现物象的本相。所以,学画从儿童时代学起,最易入门。但只要能懂得把眼光放直的方法，即使是饱经世故的成人也可以学画。

要学艺术的人们，请先把你们的眼光放直来！

眼光放直的方法，最初有两种练习：第一是透视练习，第二是色彩练习。

透视法，又名远近法，英文叫作perspective。这是对于"形状"的"眼光放直法"。换言之，就是把眼前的立体形的景物看作平面形（当它是挂在你眼前的一张画）的方法。你眼前的各种景物，离你的距离远近不等：一枝花离开你数尺，一间屋离开你数丈，一座山离开你数里。但你要把这些景物描在纸上时，必须撤去它们的距离，把它们看作没有远近之差的同一平面上的景象，方才可写成绘画。"远近法"这个名词，就是从这意义上来的。要把远近不同的许多事物拉到同一平面上来，使它们没有远近之差，只要假定你眼前竖立着一块很大的玻璃板（犹似站在大商店的样子窗［橱窗］前），隔着玻璃板而眺望景物，许多景物透过了玻璃板而映入你的眼中时，便在玻璃上显出绘画的状态。"透视法"这个名词，就是从这意义上来的。

物体的大小高低等形状，实际的与透视的（绘画的）完全不同。实际上同样的，在绘画上有种种变化；距离远近一变，大的东西会变成小，方的东西会变成扁。位置上下一变，高的东西会变成很低，低的东西会变成很高。例如：笔直的马路旁边，种着同样高低的许多树。你站在马路中眺望树列。忘记它们的远近。当它们是面前一块大玻璃板上的现象时,便见树木越远越小越短。又如很长的走廊的天花板上,装着许多电灯。你站在走廊的一端眺望时,用上述的看法,便见电灯越远越小越低。再看走廊的地板,便见越远越小越高。

研究这种形状变化的规则的,就是远近法。远近法的要点,是"视线"与"视点"。在玻璃板上画一条与观者的眼睛等高的水平线,这就是"视线"。再从观者所站立的地方向上引一垂线,二线在玻璃板上相交,这交点就是"视点"。此时眼前一切物体的形状的变化,皆受视线与视点的规律。凡在视线上面的(实际上,就是比观者的眼睛的位置更高的东西。例如电灯、屋檐等),近者高而远者低。反之,在视线下面的(实际上,就是比观者的眼睛低的东西,例如教室里的凳子、走廊里的地板、铁路等),近者低而远者高。在画中,视线就是地平线。视点就是观者所向的地平线上的一点。上下左右四方一切物体,皆由视点的放射线规定其大小的变化。关于详细的法则,有透视法专书记述,现在不必详说。读者须知道:透视法,其实很容易。只要懂得了眼光放直的看法,一切透视法都懂得,不必再读透视法专书了。透视法专书,好比文法书,你们学英语,只要熟读理会,不学文法亦可。反之,如不熟读理会,要按照了文法的规则而讲英语,是万万不能的。同理,不懂得眼光放直的方法,要按照了远近法的规则而作画,也是万万不能的。

由上文可知物体的透视状态，与实际状态完全不同。实际上大的东西，在透视上有时变得很小。实际上高的东西，在透视上有时变得很低。对风景时要作透视的看法，只要不想起实际的东西，而把眼前各物照当时所显出的形状移到所假定的玻璃板上，便可看见一幅合于远近法的天然图画。例如你站在河岸上，看见最近处水面上有一只帆船。稍远，对岸有一座桥。更远，桥后面有一座山。更远，山顶上有一座塔。这时候你可想象面前竖立着一块大玻璃板，而把远近不同的船，桥，山，塔，一齐照当时所显现的形状而拉到玻璃板的平面上来，便见一幅风景画。但当你拉过来的时候，必须照其当时所显现的形状，切不可想到实物。倘然当它们是实物而思索起来，就看不见天然的图画了。因为当作实物时，一定要想起"桥比船大，塔比桅粗，山比帆高"等实际的情形。但在透视形状中，完全与你所想的相反：桥比船小得多，塔比桅细得多，帆比山高得多。帆船中的小孩子，其身体比桥上走的大人大到数十倍呢。倘照实际大小描写，便不成为绘画。故风景必合乎远近法，方成为绘画。即现实必用直线的眼光看，方成为艺术。

其次，对于色彩，也须用直线的眼光看，方能使它成为艺术上的色彩。

色彩，照科学的理论，是由日光赋予的。日光有七色：赤、橙、黄、绿、青、蓝、紫。其中赤、黄、蓝叫作"三原色"，是一切色彩的根源。三原色拼合起来，产生"间色"：橙（赤与黄拼）、青、绿（黄与蓝拼）、紫（赤与蓝拼），便是第一次间色。间色再互相拼合起来，产生无穷的色彩，有许多色彩，没有名词可称呼。这便造成世间一切的色彩。宇宙间森罗万象，各有固定的色彩，例如花是红的，叶是绿的，泥土是灰色的，或者复杂得很，不可名状的。

但这固定的色彩，是实际的色彩，不是艺术的。艺术上的色彩，是不固定的，因了距离和环境而变化。要看出这种变化，就非用直线的眼光不可。

例如：春夏草木繁茂的山，在实际上，其色彩当然是绿的（我国人对青与绿，常常混乱不分，故诗文中称为青山），即春山的固定色是绿。但是，用直线的眼光看去，春山不一定绿。如果这山离开你有数里路，你望去看见它是带蓝的。因为中间隔着许多空气，模模糊糊，就蒙上蓝色。如果是重庆的山，隔离半里路，也就变成蓝色。因为雾很重，绿山蒙了雾，都变成蓝山。如果是傍晚，夕阳下山的时候，你眺望远远的山，看见它们都变成紫色。因为地上的蓝色的暮烟，拼合了夕阳的红光，变成紫色的雾，这紫雾蒙住了群山。又如很远的山，不管它是黄是绿，一概变成淡淡的青灰色。诗人描写女人的眉毛，就用远山来作比方。"水是眼波横，山是眉峰聚""一双愁黛远山眉"，此类的诗句，都要用直线的眼光眺望色彩，方才描写得出。可知用艺术的眼光看来，世间万象的色彩，都不固定，因了距离而变化。

丰子恺作品《依松而筑》

风景必合乎远近法,方成为绘画。即现实必用直线的眼光看,方成为艺术。

人的脸孔，实际上都是近于黄、赤、橙、赭的一种色彩，但是也并不固定。假如一个少女撑着一顶绿绸阳伞，站在太阳光底下，她的桃花色的双颊上，就会带着绿色或蓝色。西洋的印象派绘画，正是用直线的眼光观察色彩而描写的。所以印象派作品中的少女的面庞上，各种色彩都有。不但少女的面庞如此，其他一切物体，都没有单纯的固定的色彩，都是赤、橙、黄、绿、青、蓝、紫各色凑合而成的。不过其中某一种色彩占着强势，这物象就以这种色彩为主调。且这主调又完全不固定，跟了环境的影响而时时变化。雪白的粉墙，在强烈的日光的阴影内，显出翠蓝色。嫩绿的杨柳，在春日的朝阳中，显出金黄色。用艺术的眼光看来，世间万物竟没有固定的色彩。故印象派画家说："世人皆知花红叶绿，其实花有时而绿，叶有时而红。"这话实在含有艺术的真理。

以上所述，便是用直线的眼光来观看形状和色彩的方法。这又可称为"直观的"看法。直观是心理上的名词，在艺术上的解释，便是直线的观察的意思。反之，前述的用曲线的眼光的看法，就可称为"理智的"。理智也是心理上的名词，在艺术上的解释，便是用智力想起物象的作用及因果关系的意思。

上述是初步的练习。最后，我们更进一步来谈艺术的眼光。

前面说过：艺术的眼光是直线的，非艺术的眼光是曲线的。故艺术的眼光对物象是"看见"，非艺术的眼光对物象是"想见"。

很远的山，不管它是黄是绿，一概变成了淡淡的青灰色。

丰子恺作品 《流到前溪无一语》

更进一步来讨论：艺术的眼光对物象也可以"想见"。不过这"想"仍是直线的想，不是曲线的想。

什么叫作"曲线的想"与"直线的想"呢？答曰：想见物象的作用及因果关系的，叫作"曲线的想"。不管它在世间有何作用，对世间有何因果关系，而一直想起它的本身的意义的，叫作"直线的想"。

举几个浅显的例子来说：例如花，是艺术上常用的好题材。其所以能成为好题材者，乃艺术家对它的看法与感想不同之故。若用非艺术的眼光看花，所见的只是果实的成因，植物的生殖器。这便离开了花的本身，转了个弯，转到花的作用或因果关系上去。艺术的想法就不然，不想起花的作用关系等，而一直从花的本身上着想。所见的才是花的本身的姿态。诗人所见便是这姿态。例如写梅花，曰："暗香浮动月黄昏。"写桃李曰："佳节清明桃李笑。"写荷花曰："微有风来低翠盖，断无人处脱红衣。"不想梅子、桃子、李子，以及藕和莲蓬，而专从花的本身上着想，才真是为花写照。

又如月，若用非艺术的眼光看，也只是地球的卫星，阴历月份的标准。这便离开月的本身，转到它的作用关系上去。艺术的想象就不然，专就月亮本身着想。故诗人说："江畔何人初见月，江月何年初照人？""六朝旧时明月，清夜满秦淮。"这才是为月本身写照。这种写法，对于读者有多么伟大深刻的启示！

# 从梅花说到美

梅花开了！我们站在梅花前面，看到冰清玉洁的花朵的时候，心中感到一种异常的快适。这快适与收到附汇票的家信时或得到 full mark（满分）的分数时的快适，滋味不同；与听到下课铃时的快适，星期六晚上的快适，心情也全然各异。这是一种沉静、深刻而微妙的快适。言语不能说明，而对花的时候，各人会自然感到。这就叫作"美"。

美不能说明而只能感到。但我们在梅花前面实际地感到了这种沉静深刻而微妙的美，而不求推究和说明，总不甘心。美的本身的滋味虽然不能说出，但美的外部的情状，例如原因或条件等，总可推究而谈论一下，现在我看见了梅花而感到美，感到了美而想谈美了。

关于"美是什么"的问题，自古没有一定的说法。俄罗斯的文

---

1　本文曾载于1930年2月《中学生》第2号。

豪托尔斯泰曾在其《艺术论》中列举近代三四十位美学研究者的论述，而各人说法不同。要深究这个问题，当读美学的专书。现在我们只能将古来最著名的几家的学说，在这里约略谈论一下。

最初，希腊的哲学家苏格拉底这样说："美的东西，就是最适合于其用途及目的的东西。"他举房屋为实例，说最美丽的房屋，就是最合于用途，最适于住居的房屋。这的确是有理由的。房子的外观无论何等美丽，而内部不适于居人，决不能说是美的建筑，不仅房屋为然，用具及衣服等亦是如此。花瓶的样子无论何等巧妙，倘内部不能盛水插花，下部不能稳坐桌子上，终不能说是美的工艺品。高跟皮鞋的曲线无论何等玲珑，倘穿了走路要跌跤，终不能说是美的装束。

"美就是适于用途与目的。"苏格拉底这句话，在建筑及工艺上固然讲得通，但按到我们的梅花，就使人难解了。我们站在梅花面前，实际地感到梅花的美。但梅花有什么用途与目的呢？梅花是天教它开的，不是人所制造的，天生出它来，或许有用途与目的，但人们不能知道。人们只能站在它前面而感到它的美。风景也是如此：西湖的风景很美，但我们决不会想起西湖的用途与目的。只有巨人可拿西湖来当镜子吧？

这样想来，苏格拉底的美学说是专指人造的实用物而说的。自然及艺术品的美，都不能用他的学说来说明。梅花与西湖都很美，

我们站在梅花面前,实际地感到梅花的美。

丰子恺作品 《春光先到野人家》

而没有用途与目的；姜白石（姜夔）的《暗香》与《疏影》为咏梅的有名的词，但词有什么用途与目的？苏格拉底的话，很有缺陷呢！

苏格拉底的弟子柏拉图，也是思想很好的美学者。他想补足先生的缺陷，说"美是给我们快感的"。这话的确不错，我们站在梅花前面，看到梅花的名画，读到《暗香》《疏影》，的确发生一种快感，在开篇处我早已说过了。

然而仔细一想，这话也未必尽然，有快感的东西不一定是美的。例如夏天吃冰淇淋，冬天捧热水袋，都有快感。然而吃冰淇淋与捧热水袋不能说是美的。肴馔入口时很有快感，然厨师不能说是美术家。罗马的享乐主义者们中，原有重视肴馔的人，说肴馔是比绘画音乐更美的艺术。但这是我们所不能首肯的话，或罗马的亡国奴的话。照柏拉图的话做去，我们将与罗马的亡国奴一样了。柏拉图自己蔑视肴馔，这样说来，绘画、音乐、雕刻等一切诉于感觉的美术，均不足取了（因为柏拉图是一个轻视肉体而珍视灵魂的哲学家，肴馔是养肉体的，所以被蔑视）。故柏拉图的学说，仍不免有很大的缺陷。

于是柏拉图的弟子亚里士多德，再来修补先生的学说的缺陷。但他对于美没有议论，只有对于艺术的学说。他说"艺术贵乎逼真"。这也的确是卓见。诸位上图画课时，不是尽力在要求画得像么？小孩子看见梅花，画五个圈，我们看见了都赞道："画得很好。"因为很像梅花，所以很好，照亚里士多德的话说来，艺术贵乎自然的模仿，凡肖似实物的都是美的。这叫作"自然模仿说"，在古来的艺术论中很有势力，到今日还不失为艺术论的中心。

然而仔细一想，这一说也不是健全的。倘艺术贵乎自然模仿，凡肖似实物的都是美的，那么，照相是最高的艺术，照相师是最伟大的美术家了。用照相机照出来的景物，比用手画出来的景物逼真得多，则照相应该比绘画更贵了。然而照相终是照相，近来虽有进步的美术照相，但严格地说来，美术照相只能算是摄制的艺术，不能视为纯正的艺术。理由很长，简言之：因为照相中缺乏人的心的活动，故不能成为正格的艺术。画家所画的梅花，是舍弃梅花的不美的点，而仅取其美的点，又助长其美，而表现在纸上的。换言之，画中的梅花是理想化的梅花。画中可以行理想化，而照相中不能。模仿与理想化——此二者为艺术成立的最大条件。亚里士多德的话，偏重了模仿而疏忽了理想化，所以也不是健全的学说。

以上所说，是古代最著名的三家的美学说。近代的思想家，对于美有什么新意见呢？德国有真善美合一说及美的独立说；二说正相反对。略述如下：

近代德国美学家鲍姆嘉通[1]（Alexander Gottlieb Baumgarten,

---

1　原文译为包姆加敦。德国著名哲学家，被称为"美学之父"。

1714—1762）说："圆满之物诉于我们的感觉的时候，我们感到美。"这句话道理很复杂了。所谓圆满，必定有种种的要素。例如梅花，仅乎五个圆圈，不能称为圆满。必有许多花，又有蕊，有枝，有干，或有盆。总之，不是单纯而是复杂的。但一味复杂而没有秩序，例如在纸上乱描了几百个圆圈，又不能称为圆满，不成为画。必须讲究布置，而有统一，方可称为圆满。故换言之，圆满就是"复杂的统一"。做人也是如此的：无论何等善良的人，倘过于率直或过于曲折，决不能有圆满的人格。必须有丰富的知识与感情，而又有统一的见解的人，方能具有圆满的人格。我们用意志来力求这圆满，就是"善"；用理知来认识这圆满，就是"真"；用感情来感到这圆满，就是"美"。故真、美、善，是同一物。不过或诉于意志，或诉于理知，或诉于感情而已——这叫作真善美合一说。

反之，德国还有温克尔曼[1]（Johann Joachim Winckelmann, 1717—1768）和莱辛[2]（Gotthold Ephraim Lessing, 1729—1781）两人，完全反对鲍姆嘉通，说美是独立的。他们说："美与真善不同。美全是美，除美以外无他物。"

但近代美学上最重要的学说，是"客观说"与"主观说"的

---

1　温克尔曼，德国哲学家、美学家，著有《古代美术史》。
2　莱辛，德国戏剧家、文艺批评家和美学家。其美学著作主要有《关于当代文学的通讯》《拉奥孔》《汉堡剧评》等。

二反对说，前者说美在于（客观的）外物的梅花上，后者说美在于（主观的）看梅花的人的心中。这种问题的探究，很有趣味，现在略述之如下：

美的客观说，始创于英国。英国画家荷加斯[1]（William Hogarth，1697—1764）说："物的形状，由种种线造成。线有直线与曲线。曲线比直线更美。"现今研究裸体画的人，有"曲线美"之说。这话便是荷加斯所倡用的。荷加斯说："曲线所成的物，一定美观。故美全在于事物中。"倘问他："梅花为什么是美的？"他一定回答："因为它有很好的曲线。"

美的客观说的提倡者很多。就中有的学者，曾指定美的具体的五条件，说法更为有趣。今略为伸说之：

第一，形状小的——美的事物，大抵其形状是小的。女人比男人，身体大概较小。故女人大概比男人为美。英语称女性为fair sex，即"美性"。中国文学中描写美人多用小字，例如"娇小""生小"，称女子为"小姐""小鬟"，女子的名字也多用"小红""小苹"等。因为小的大都可爱。孩子们欢喜洋团团，大人们欢喜宝石、象牙细工，大半是因其小而可爱的缘故。我们看了梅花

---

[1] 荷加斯，英国画家，社会评论家，社论漫画家。著有欧洲美学史上第一篇建立于形式分析基础上的论著《美的分析》。

觉得美，也半是为了梅花形小的缘故。假如有像伞一般大的梅花，我们见了一定只觉得可惊，不感到美。我们看见婴孩，总觉得可爱。但假如婴孩同白象一样大，我们就觉得可怕了。

第二，表面光滑的——美的事物，大概表面光滑。这也可先用美人来证明。美人的第一要件是肌肤的光泽。故诗词中有"玉体""玉肌""玉女"等语。我们所以爱玉，爱宝，爱大理石，爱水晶，也是爱它们的光滑。爱云，爱雪，爱水，也是为了洁净无瑕的缘故。化妆品——雪花膏，美发品——生发油、蜜，大都是以使肤发发光滑为目的的。

第三，轮廓为曲线的——这与荷加斯所说相同。曲线大概比直线更为可爱。试拿一个圆的玩具和一个方的玩具同时给小孩子看，请他选择一件，他一定取圆的。人的颜面，直线多而棱角显然，不及曲线多而带圆味的好看。矗立的东洋建筑，上端加一圆的dome（圆屋顶），比平顶的好看得多。西湖的山多曲线，故优美。云与森林的美，大半在于其周围的曲线。美人的脸必由曲线组成。下端圆肥而膨大的所谓"瓜子脸"，有丰满之感，上端膨大而下端尖削的"倒瓜子脸"，有清秀之感。孩子的脸中倘有了直线，这孩子一定不可爱。

第四，纤弱的——纤弱与小相类似，可爱的东西，大概是弱的。例如鸟、白兔、猫，大都是弱小的。在人中，女子比男子弱，

小桌呼朋三面坐 留将一面与梅花 子恺画

我们站在梅花前面,而感到梅花的美,并非梅花的美,正是因为我们怀着欣赏的缘故。

丰子恺作品
《小桌呼朋三面坐》

小孩比大人弱。弱了反而可爱。

第五，色彩明而柔的——色彩的明，换言之，就是白的、淡的。谚云"白色隐七难"，故女子都欢喜擦粉。色的柔，就是明与暗的程度相差不可过多。由明渐渐地暗，或由暗渐渐地明，称为"柔的调子"。柔的调子大都是美的。物体受着过强的光，或过于接近光源，其明暗判然，即生刚调子。刚调子不及柔调子的美观。窗上用窗帏，电灯泡用毛玻璃，便是欲减弱光的强度，使光匀和，在室中的人物上映成柔和的调子。女子不喜立在灯的近旁或太阳光中，便是欲避去刚调子。太阳下的女子罩着薄绢的彩伞，脸上的光线异常柔美。

我们倘问这班学者："梅花为什么是美的？"他们一定回答："梅花形小，瓣光泽，由曲线包成，纤弱，色又明柔，故美。"这叫作"美的客观说"。这的确有充实的理由。

反之，美的主观说，始倡于德国。康德（Immanuel Kant，1724—1804）便是其大将。据康德的意见，美不在于物的性质，而在于自己的心的如何感受。这话也很有道理：人们都觉得自己的子女可爱，故有语云："癫痫头儿子自己的好。"人们都觉得自己的恋人可爱，故有语云："情人眼里出西施。"这种话中，含有很深的真理。法兰西的诗人波德莱尔（Charles Pierre Baudelaire，1821—1867）有一首诗，诗中描写自己死后，死骸上生出蛆虫来，其蛆虫非常美丽。可知心之所爱，蛆虫也会美起来。我们站在梅花前面，而感到梅花的美，并非梅花的美，正是因为我们怀着欣赏的缘故。作《暗香》《疏影》的姜白石站在梅花前面，其所见的美一定比我们更多。计算梅花有几个瓣与几个蕊的博物学者，对梅花全不感到其美。挑了盆梅而在街上求售的卖花人，只觉得重的担负。

感到美的时候，我们的心情如何？极简要地说来，即须舍弃理智的念头而仅用感情来迎受。美是要用感情来感到的。博物先生用了理知之念而对梅花，卖花人用了功利之念而对梅花，故均不能感到其美。故美的主观说，是不许人们想起物的用途与目的的。这与前述的苏格拉底的实用说恰好相反，但这当然是比希腊的时代更进步的思想。

康德这学说，名为"无关心说（disinterestedness）"。无关心，就是说美的创作或鉴赏的时候不可想起物的实用的方面，描盆景时不可专想吃苹果，看展览会时不可专想买画，而用欣赏与感叹的态度，把自己的心没入在对象中。

以上所述的客观说与主观说，是近代美学上最重要的二反对说。每说各有其根据。禅家有"幡动，心动"的话，即看见风吹幡动的时候，一人说是幡动，又一人说是心动。又有"钟鸣，撞木鸣"的话，即敲钟的时候，或可说钟在发音，或可说是撞木在发音。究竟是幡动抑或心动？钟鸣抑或撞木鸣？照我们的常识想来，两者不可分离，不能偏说一边，这是与"鸡生卵，卵生鸡"一样的难问题。应该说："幡与心共动，钟与撞木共鸣。"这就是德国的席勒（Johann Christoph Firedrich Von Schiller, 1759—1805）的"美的主观融合说"。

融合说的意见：梅花原是美的，但倘没有能领略这美的心，就不能感到其美。反之，颇有领略美感的心，而所对的不是梅花而是一堆鸟粪，也就不能感到美。故美不能仅用主观或仅用客观感得。二者同时共动，美感方始成立。这是最充分圆满的学说，世间赞同的人很多。席勒以后的德国学者，例如黑格尔（Georg wihelm Friedrich Hegel, 1770—1831），叔本华（Arthur Schopenhauer, 1788—1860），哈特曼（Heinz Hortmann, 1894—1970）等，都是信从这融合说的。

以上把古来关于美的最著名的学说大约说过了。但这不过是美的外部的情状，不是美本身的滋味。美的滋味，在口上与笔上决不能说出，只得由各人自己去实地感受了。

十八年（一九二九）岁暮，《中学生》"美术讲话"

# 艺术与人生[1]

艺术，在今日共有十二种，就是：一、绘画；二、雕塑；三、建筑；四、工艺；五、音乐；六、文学；七、舞蹈；八、演剧；九、书法；十、金石；十一、照相；十二、电影。这一打艺术中，前八种是世界各国以前一向有的。后四种，是为现代中国新添的。因为这后四种中，书法和金石，是中国古来原有的艺术，而为外国所无的（日本有这两种艺术，但全是学习中国的。可看作中国艺术的一支流）。最后两种，照相和电影，则是最近世间新兴的艺术，现已流行于全世界的。所以我说，后四种是为现代中国新添的。

我们先来检点这一打艺术，看它们对于我们人生的关系状态如何：

第一，绘画，是大家所常见的。无论中国画、西洋画，其在人生的用处，大都只是看看的。除了看看以外，并无其他实用（肖像画可以当作遗像供养，或可说是一特例。但其本身仍是艺术。至

---

[1] 本文原收录于《率真集》，曾载于1943年7月《时与潮》副刊第2卷第6期。

于博物图等，则属于地图之类，不入绘画范围）。看看，好像是无关紧要的事；其实也很重要。我们的衣食住行，要求实用的便利以外，同时又要求形式的美观。"看"不是人生很重要的事吗？绘画，便是脱离了实用而完全讲究形式的美，使人看了悦目赏心，得到精神的涵养，感情的陶冶。所以虽然只是看看，而并无实用，在艺术上却占有很高的地位，被称为"纯正艺术"。

第二，雕塑，就是人物动物等的雕像或塑像。这与绘画同样，也只是给人看看，而并无实用的（纪念瞻拜用的铜像等，与肖像同例）。雕塑与绘画，其实同是一物；不过绘画在平面上表现美的形式，雕塑则在立体上表现美的形式，故雕塑是表现立体美的纯正艺术。

第三，建筑，就是造房屋。这种艺术，性状和前二者大不相同，都是有实用的。除了极少数的特例以外——例如宝塔，只是看看的，并无实用。凯旋门，也只是观瞻的，并非真要从这门中出入——凡建筑都是供人住居的，即有实用的。但我们对于建筑，在"坚固"及"合用"两实用条件之外，又必讲求其形式的美观。例如宫殿，要求其形式的伟大，可使万民望而生畏。例如寺庙，要求其形式的崇高，可使信徒肃然起敬。例如住宅，要求其形式的优美，可使住的人心地安悦……这便是艺术的工作。建筑之所以异于绘画雕塑者，即绘画雕塑可专为美观而自由制作，建筑则因实用（住居）条件的约束，在实用物上施以装饰。所以前二者被称为"自由艺术"，建筑则被称为"羁绊艺术"。又对于前二者的"纯正艺术"，建筑被称为"应用艺术"。

第四，工艺，就是器什日用品等的制作。这艺术的性质与建筑完全相同，不过建筑比它庞大一些罢了。这也是"羁绊艺术""应用艺术"。

第五，音乐，性状和前述四种大异，前述四种都是用眼睛看的。这音乐却是用耳朵听的。前述四种都是在空间的形式中表现美的，这音乐却是在时间的经过中表现美的。所以前四者被称为"视觉艺术""空间艺术"，音乐却被称为"听觉艺术""时间艺术"。这种时间艺术，对于我们人生有什么用处呢？还是同绘画一样，不过"听听"罢了，此外并无实用（结婚、出殡，用乐队，似是音乐的实用，其实乐曲的本身仍是一种独立的艺术）。"听听"有什么好处呢？也同"看看"一样，可以涵养精神，陶冶感情。音乐能用声音引诱人心，使无数听众不知不觉地进入于同样的感情中。这叫作音乐的"亲和力"。凡艺术都有亲和力，而音乐的亲和力特别大。所以为政、治国、传教、从军等，都盛用音乐。故"听听"看似无关紧要，其实用途极大。

第六，文学，这种艺术的性质，和前述五种又不同。它是用言语当作工具的一种艺术。换言之，它是制造美的言语的一种艺术。言语是听赏的（文学作品为欲传到后代及远方，故用铅字印成书本。我们看书，并非欣赏铅字，却仍是听说话）。故文学和音乐同属于听觉艺术。文学之所以异于音乐者，音乐不表出具体的意义，只诉于人的感情；文学则音调之外又表出具体的意义，兼诉于人的思想。讲到它在人生的用处，倒很复杂。有一部分文学，是有实用的，例如书牍之类。还有一部分文学，却是没有实用，竟是表现语言美的，例如诗词之类。故文学兼有"纯正艺术"与"应用艺术"、"自由艺术"与"羁绊艺术"双方面的性质。即既供实用，又供欣赏。所以文学在世界各国，都是最发达的艺术。

第七，舞蹈，这是用人的身体的姿势来表现美的一种艺术。其性质与音乐相似，而且大多同音乐合并表现（歌舞是舞蹈的独立表现）。这完全没有实用，只供欣赏。

第八，演剧，这种艺术，与文学有密切关联，可说是文学的另一种表现法。文学用言语讲给人听，使听者在脑筋中想象出其情节来。演剧则由舞台代替了读者的脑筋，把情节实际地演出来。故文学可说是脑筋中演出的演剧，演剧可说是舞台上写出的文学。这种艺术，情形很复杂；包括上述的文学、音乐、舞蹈，以及绘画、建筑、雕塑、工艺等一切艺术，所以演剧被称为"综合艺术"。讲到它在人生的用处，却完全是欣赏的——观赏的及听赏的。文学中还有实用文，演剧中却没有实用剧。

第九，书法，这是中国所特有的艺术，为什么中国特有呢？一者，外国人用钢笔，书法艺术不发育。中国人用 brush[1]，写字就同

---

1　指 writing brush（毛笔）。

描画一样。二者,外国文字用字母拼,就同电报号码差不多,不容易作成艺术。中国文字有象形、指事,根本同描画一样,所以中国人说"书画同源"。因此二故,书法是中国特有的艺术(日本也有,但前已说过,日本绘画模仿我国,其书法也模仿我国,与我国全同)。现在我们来检点一下,书法艺术在人生有何用处?这与绘画不同,却和文学一样,有实用的,有欣赏的。例如函牍、碑文等,是实用的;对联、屏轴等,是欣赏的。然实用与欣赏又往往兼并,同建筑一样。例如古代的碑文、名家的函牍等,一方面有实用,一方面又是供人欣赏研究的艺术品。在写信写账等事务中,可以实行艺术创作,这是中国人的特权。中国实在是世界最艺术的国家!

第十,金石,这也是中国特有的艺术,而且是世间一切艺术中最精致的艺术。外国有一种小画,叫作miniature(微型画,小画像),在一个徽章上画一幅油画,可谓精致了,但其技法近于雕虫,远不及中国的金石的高尚。中国的金石,其好坏不在乎刻得工细与粗草,却在乎字的章法和笔法上。在数公分的面积中,作成一个调和、美丽、圆满无缺的小天地,便是金石的妙境。中国人常把"书画金石"三者并称,因为三者有密切的相互关系,故中国的画家往往能书,书家往往能治金石。像吴昌硕先生,便是兼长三者的。他晚年自己说,画不及书,书不及金石。可见金石是很高深的一种艺术。讲到它在人生的用处,就同书法一样:实用又兼欣赏。

第十一,照相,原来是工艺之一种,并不独立。近年来照相模仿绘画,表现独立的风景美,世人称为"美术照相";于是照相就由"准艺术"升为正式的一种艺术。这种艺术在人生的用处，就与绘画相同，它原是为了模仿绘画而成为艺术的。不过属于工艺的照相，便和工艺相同，是有实用的。

第十二，电影，是最近发达的一种艺术。发达得很，现已普遍于全世界。这是以演剧为根据，以照相为工具的一种新艺术。这仿佛是演剧的复制品。它的性质，就和演剧相同。它在人生的用处，也与演剧全同，只是欣赏的，并无实用（有些教育影片，不在艺术范围之内）。

以上已把十二种艺术对我们人生的关系状态约略地说过了。可知一切艺术，在人生都有用，不过其"用"的性状不同；有的直接有用，有的间接有用。即应用艺术是直接有用的，纯正艺术是间接有用的。近来世人盛用"为艺术的艺术"与"为人生的艺术"这两个新名词。我觉得这两个名词，有些语病。世间一切文化都为人生，岂有不为人生的艺术呢？所以我今天讲艺术与人生，避去这种玄妙的名词，而用切实浅显的说法。艺术在对人生的关系上，可分为"直接有用的艺术"与"间接有用的艺术"两种。前者以建筑为代表，后者以音乐为代表。

然而这个分法，也不是绝对判然的。因为艺术这件东西，本是人的生活的反映。人的生活错综复杂，艺术也就错综复杂，不能判然分别。建筑与音乐，是实用与非实用两种极端。其他各种艺术，就位在这两种极端之间，或接近这端，或接近那端，都无定位。总

建筑的形式，对于人的精神和感情，有时又有极大的影响，颇像音乐。

丰子恺作品
《六六水窗通》

之，凡是对人生有用的美的制作，都是艺术。若有对人生无用（或反有害）的美的制作，这就不能称为艺术。前述的"为艺术的艺术"，大概便是指此，那就不在我今天所讲的范围之内。

我从艺术对人生的用处上着眼，把建筑和音乐分配在两个极端。但进一步看，艺术不是一直线，却是一弧线，有时弧线弯合拢来，接成一个圆线。则两极端又可会合在一点，令人无从辨别，明言之，即直接有用的艺术，有时具有极伟大的间接的效果。反之，间接有用的艺术，有时也具有极伟大的直接的效果。就建筑和音乐两种艺术看，即可明白。

建筑，如前所说，差不多全部是有实用（住居）的，即直接有用的艺术。但是建筑的形式，对于人的精神和感情，有时又有极大的影响，颇像音乐。希腊的殿堂便是最适当的实例。纪元前，希腊全盛时代，雅典的城堡上有一所殿堂，是供养守护国家的女神的，叫作Parthenon（帕特农神庙）。这殿堂全部用世间最良的大理石和黄金象牙造成，全部不用水泥或钉子，概由正确精致的接合法，天衣无缝，好比天生成的。各部构造，又应用所谓"视觉矫正法"，为了眼睛的错观，特把各部加以变化，使它映入网膜时十分正确——例如阶石，普通总是水平直线。但人的眼睛有错觉，看见阶石上面载着殿堂全部的分量，似觉阶石要弯下去，好比载重的木条一样，很不安定。为欲弥补这缺陷，希腊人把阶石作成向上凸的弧线，使它同错觉抵消，在网膜上映成十分平稳正确的直线。诸如此类——这殿堂真可谓尽善尽美，故美术史上称它为"世界美术的王冠"。讲到这殿堂的用处,这是供人民瞻拜神像之用的,分明是实用艺术,即直接有用的艺术。但是,在实际上,这直接的用处还是小用,其最大的效用,却是这殿堂的形式的全美所给予人心的涵养与陶冶。希腊这时候国势全盛,民生美满,为古今所罕有。其所以有此圆满发达状态者,其他政教当然有力,这殿堂的"亲和力"实在大有功劳。人民每天瞻仰这样完全无缺的美术品,不知不觉之中,精神蒙其涵养,感情受其陶冶,自然养成健全的人格。这种建筑,岂非有音乐一样的效果吗?

再看音乐,如前所说,全然是无实用的。音乐只能给人听赏。听赏以外,全无用处。然而从古以来,用音乐治国,用音乐治理群众的实例很多。中国古代,有两种有名的尽美尽善的音乐,叫作"韶"和"武"。孔子听了,"三月不知肉味"。我们虽然没有福分听到这种好音乐,据孔老先生的批评,可以想见这种音乐感人之力的伟大。据孔子说,周朝文王武王时代国势之盛,韶武与有力焉。下至近代,利用音乐来宣传宗教,或鼓励士气,其例不胜枚举。这固然是艺术的间接的用。但你如果把"用"字范围放宽,则间接的用与直接的用实在一样,不过无形与有形的区别罢了。

这样说来,凡艺术(不良、有害的东西当然不列在内),可说皆是有实用的,皆是为人生的。这里我想起一个比方:我觉得美好比是糖。糖可以独用(即吃纯粹的糖),又可以掺用(即附加在别的食物中)。白糖、曼殊大师所爱吃的粽子糖等,是纯粹的糖。香蕉糖、橘子糖、柠檬糖等便不纯粹,糖味中掺入了他味。糖花生、糖核桃、糖山楂、糖梅子、糖圆子等，则是他味中掺入了一点糖味，他味为主而糖为辅了。用美造成艺术，正同用糖造成食物一样。纯粹的美，毫无实用分子，例如高深的"纯音乐（pure music）"、中国的山水画、西洋的印象派绘画等，纯粹是声音和形色的美，好比白糖、粽子糖，是纯粹的糖，是吃糖专家像曼殊大师等所爱吃的。又如标题音乐、历史画、宗教画，以及描写人生社会的文字等，声音及形色中附有事物思想，好比糖中附有香蕉、橘子等的滋味，比纯糖味道适口些，为一般人所爱吃。又如建筑、工艺美术品、广告画，以及各种宣传艺术等，实用物中附加一些美饰，使人乐于接受，就好比糖花生、糖核桃、糖圆子等，在别物中附加一些甜味，使人容易入口。在这种艺术中，美不过是附加的一种装饰而已。

诸位或者要问：抗战艺术，以及描写民生疾苦，讽刺社会黑暗的艺术，是什么糖呢？我说，这些是奎宁[1]糖。里头的药，滋味太苦，故在外面加一层糖衣，使人容易入口、下咽，于是药力发作，把病菌驱除，使人恢复健康。这种艺术于人生很有效用，正同奎宁片于人体很有效用一样。

故把艺术分为"为艺术的艺术"与"为人生的艺术"，不是妥善的说法。凡及格的艺术，都是为人生的。且在我们这世间，能欣

---

1　奎宁，又名金鸡纳碱，用于治疗与预防疟疾，可治疗焦虫症。

赏纯粹美的艺术的人少，能欣赏含有实用分子的艺术的人多。正好比爱吃白糖的人少，而爱吃香蕉糖、花生糖的人多。所以多数的艺术品，兼有艺术味与人生味。对于这种艺术，我们所要求的，是最好两者调和适可，不要偏重一方。取手头最浅近的例来说：譬如衣服，也是一种工艺。如果太偏重了衣料，不顾身体的尺度，例如原始人的衣服、印度人的衣服、日本人的所谓和服等，那便可称为"为衣服的衣服"，究竟不很合用。反之，如果太偏重了身体的尺度，完全不顾衣料，例如有一种摩登女子的衣服（密切地裹着，身体各部都显出，我初见时疑心她穿的是海水浴用的衣服），那便可称为"为人生的衣服"，究竟不是良好的工艺品。又如椅子，也是工艺之一。如果太偏重了花样，像以前宫廷中的宝座，全是雕刻及装饰，而坐下去全不称身的，可说是"为椅子的椅子"。这种椅子我实在不要坐。反之，如果太偏重了人体，把臀部的模型都刻出在椅子上，两大腿之间还要高起一条（这种椅子，时有所见，不知是谁的创作。我每次看见，必起不快之感，疑心它是一种刑具）。这可说是"为人生的椅子"了！但是我情愿站着，不要坐这把椅子。世间爱用这种椅子的人恐怕极少吧。可知为衣服的衣服、为人生的衣服，都不是好衣服；为椅子的椅子、为人生的椅子，也不是好椅子。

我们不欢迎"为艺术的艺术"，也不欢迎"为人生的艺术"。我们要求"艺术的人生"与"人生的艺术"。

三十二年（一九四三）五月十六日　重庆

图书在版编目（CIP）数据

日常之美 / 丰子恺著. -- 2版. -- 北京：当代世界出版社, 2024.6
ISBN 978-7-5090-1834-7

Ⅰ.①日… Ⅱ.①丰… Ⅲ.①随笔-作品集-中国-现代 Ⅳ.①I266.1

中国国家版本馆CIP数据核字（2024）第089318号

| | |
|---|---|
| 书　　名： | 日常之美 |
| 作　　者： | 丰子恺 |
| 出 品 人： | 李双伍 |
| 监　　制： | 吕　辉 |
| 策划编辑： | 高　冉 |
| 责任编辑： | 高　冉 |
| 出版发行： | 当代世界出版社有限公司 |
| 地　　址： | 北京市东城区地安门东大街70-9号 |
| 邮　　编： | 100009 |
| 邮　　箱： | ddsjchubanshe@163.com |
| 编务电话： | （010）83907528 |
| | （010）83908410转806 |
| 发行电话： | （010）83908410转812 |
| 传　　真： | （010）83908410转806 |
| 经　　销： | 新华书店 |
| 印　　刷： | 北京汇瑞嘉合文化发展有限公司 |
| 开　　本： | 880mm×1230mm　1/32 |
| 印　　张： | 9.5 |
| 字　　数： | 200千字 |
| 版　　次： | 2024年6月第2版 |
| 印　　次： | 2024年6月第1次印刷 |
| 书　　号： | ISBN 978-7-5090-1834-7 |
| 定　　价： | 89.00元 |

法律顾问：北京市东卫律师事务所钱汪龙律师团队010-65542827
版权所有，翻印必究；未经许可，不得转载！